为了人与书的相遇

我们都是千疮百孔的恋人

恋爱课2

陈雪 著

广西师范大学出版社
·桂林·

目录

代序　我们都是千疮百孔的恋人　/ 001

part 1　take off　起航

脆弱　007
一见钟情　012
幻影　016
失去　023
伤害　027
理解　030
重来　033
同病相怜　037
消息　043

part 2　emergency　紧急事件

互动　053
对话　058
合适　063
不安全感　067
内心戏　072
冷战　078
抱怨Ⅰ　080
抱怨Ⅱ　083
协调　086
磨合　090
冲突　096
争执　100
改变　106
相处　110
在场　113

恋爱课
2

part 3 life vest 救生衣

前任 119
逃避 123
纠缠 128
依赖 135
单恋 142
表白 147
出柜 150
担心 154
信任 159
感情勒索 162
怀疑 165
嫉妒 169
不期待 171
阴影 174
习惯 181

part 4 landing 降落

絮语 185
聆听 193
勉强 195
面对 197
遗忘 200
成长 202
分离 205
自爱 210

代序

我们都是千疮百孔的恋人

爱上一些人、离开一些人、伤害一些人、被一些人伤害，一年、一个月、几天、几秒钟，终将逝去的，与永不消失的，这些，那些，种种爱情，雕刻了我们的脸，凿穿我们的心，使之成为现在的样子。

年轻时觉得自己是破损的，第一场恋爱就跌得满身是伤，可是年轻啊，每一次死亡都能重生，或者说每一次接近死亡，都能死里逃生，我在第二次恋爱时非常悲伤地想到“第一次已经结束了”，此后所有爱情是否都会变成第一次的叠影，“我只爱你”将会变成起手势，“唯一”与“永远”只能成为发语词。

但什么也没阻止你去爱。

即便自己根本还没有爱人的能力。

想要爱人、渴望被爱，是自动反应，像阳光空气水那么自然，那么必然，甚至太多了，二十岁到三十多岁之间的时间里，脑袋里像填塞了“爱情”这块吸过水的巨大海绵，如此拥挤，使得其他思想都被排除在边角。

慌慌乱乱过了好长的时间，那些被爱情凹折过的时间，漫长久远得几乎算不出轮廓，堆叠着失声痛哭的凌晨、发狂争吵的深夜、爱意缱绻的黄昏、情人必须离开的时刻与咬着牙才有能力转身走掉的刹那。生命像迷航的船，顺水漂流，遇上谁就爱谁，忙着追寻，忙着逃离，忙着忘却，忙着刻印，关于爱情的种种变貌，那时你还认不得，有很多幻影都是自己内心的投射，很多伤害来自往事的回击，老是想要静下来整理一下自己，但水过船不停，又漂向了下一站。

我们正在恋爱吗？我真正爱过了吗？被认真爱过了吗？如此多名之为爱的事物为何大多数时刻都令人困惑，又充满懊悔？如此多带着爱情包装的关系，为什么无法使人快乐？没能令自己更自信一些？一如心中写满长长的恋人名单，可你知道这些恋人关系终将结束。你终究没有能力令自己留在他／她们身旁，或者使他／她们留在你身边。

一切到底出了什么差错？

终于你已经走到穷山恶水，无路可去，再逃就只能跳下深渊，于是你只得转过身来，只能重新勘探已踏过又盖满杂草的路，设法开出新的道路。

所以你从头学起。

第一个词跳进眼里,“不安”,第二个“伤害”,第三个“分离”,“脆弱”“争吵”“改变”“纠缠”“依赖”“告白”……许多细碎的字词,像飘下的落雨，大大小小、或轻或重，纷纷落入你眼际，就是这些字词，标志了你的历历往事，你站定在字词雨中，接受它们的撞击，仿佛这是最后一次机会，你非常爱惜。

穿过故事之海，将整个生命翻阅数次，切切实实为自己找到生路，来到淡然的中年，如今的你想对年轻的你说：试着原谅自己,停止自责,无论过去多么不堪,无论自己犯下何种错误,无论,有没有第二次的机会,你其实可以原谅自己的。有时,我们需要的,也就是打心里对自己的谅解、接受、宽容，这一切不是为了沉沦，而正是为了有机会正视自己，因为我们是唯一一个可以原谅自己，且可以有机会让自己不再犯错的人。

若有一天，你终于梳开那些密密麻麻缠乱不清的记忆，你能看见那些被穿凿而出的破损伤口，那使你变得千疮百孔的所有事物，都不再只是黑暗与痛苦，就像许多字停于纸面成为诗篇，这些疮孔透进光线，使你的生命灿亮。

然后你能够自信而不心虚地说，我愿意去爱，我可以爱了。

起 航

part 1 take off

脆弱

从前我最怕吵架，为了避免冲突，我会隐忍、讨好、刻意回避情人间已经发生的问题，转而退缩到自己的世界，把这些可能的冲突，变成爱情消磨、关系幻灭的借口。真的爆发争吵时，我把声音都埋进心里，一点一点地对对方失望，嘴上却都不说，好像即使爱情被推向尽头，也不及我的自尊重要。

我总习惯在恋爱开始时，将对方的一切都想象成“美好”的，几乎像是在“角色扮演”一样，还不懂得如何爱人、如何与人相处的我，扮演着想象中的“情人”角色，两人意见不同，或对某件事有不同的决定的，最后我会主动退让，心想着，我没关系。

现在回想起来，那些隐忍、自以为是的体谅、避免冲突的转移，是我自己缺乏勇气，我既缺乏勇敢表达意见的勇气，也缺乏面对冲突、并设法寻求沟通与解决之道的勇气，甚至，最后在关系逐渐破裂时，我也没有勇气把自己心中所感受的说明，只是寻求另一段恋情作为出口，心想着“我就是这么糟”。

那时，自信太低自尊太强，无法与他人相处，却又害怕孤独，“恋爱”成了我的救命丸，我总是在恋爱，即使许多时刻，我还不知道如何去爱，我只是投身进入另一段迷雾。

爱情发生问题了，我只想逃。

一个人为何与另一个人相爱，是最神秘的事，这份神秘使坠入情网的恋人欣喜若狂，使我们无暇思及两人真实相处时可能会遭遇的种种碰撞，我们甚至根本对对方还一无所知，或者知道的也不过就是在极短时间里的所见所闻，从自己的心镜里所见的倒影。

冲突、争执、意见不合，代表着这两个人从爱的幻觉里，进入真实的状态了，你们的价值观、生活习惯、对感情的看法，对未来的期待，甚至，看待彼此“目前与将来的关系”的方式可能都有极大的差距。

争吵不是爱情的杀手，而是对爱的提醒，爱情并不只是风花雪月，浪漫即可，当争执出现，我们会见识到自己与所爱的人的“另一种面貌”，有时甚至是可怕的，你没想过他发起脾气会是那么凶，你也没想到自己生气起来会变得如此刻薄，在某一瞬间你对爱情感到失望，“如果你真的爱我，为何这样指责我？”“或许是我不爱你了，不然，刚才为何有一瞬间，我甚至感到讨厌你？”

我想，爱与喜欢最大的不同，就是，爱一个人时，你也可能对他产生负面的感受，某些部分的他你觉得并不总是“可爱”的，甚至，他的某些作为，你也觉得有待商榷，爱情一开始是建立在彼此的喜爱之上，然而进入关系后，这份喜爱会开始加入其他元素，我们必须跨过某些“不喜欢”的时刻，进入理解，而不是急忙着把这份“不喜欢”的感受立即划为“不爱了”“你不是我理想的对象”，除非涉及个人至为重大的价值，觉得只要触犯就不可能为伴，否则，我想恋人们之间的差异，正好就是我们认识世界的窗口，我们透过对一个人具体的认识、理解，因亲密相处得到的机会，方方面面地去认识一个人，感受他的美好、矛盾、软弱、错乱，以及尚未完全成熟的部分，也像镜子一样看到自己的这些，在一个爱的关系里，恋人愿意透过这些“负面”深刻触摸对方的灵魂，探入对方不欲人知的脆弱，并设法透过理解而得知，相爱有时就是陪伴着彼此度过这些时刻。

与阿早相处的时光里，我学习安静下来看见自己，有许多时刻我都感到害怕，起初对于怀有如此复杂难解的过往的我，自己也无法全然理解，有很多时刻的冲突，是因为我太害怕被他看见我的软弱与脆弱，有时我只是想要“赢”，我不想他看到我的问题，太长的时间里我对爱情错误的理解，我不知道原来有人即使知道、看见了你的脆弱，发现你惯性逃避，知道你会为了保护自己说出伤人的话，他知道你种种“缺点”，会纠正、指出那些，但这并不意味着“不爱你”，我们花费了许多个日夜，曾经大声地争吵、辩论、甚至失控地互骂，那些我以往非逃走不可，觉得“太不堪”

了的情况，在那些我们一人一个房间、气愤得不想见到对方的深夜，我以为这份爱已经没救了，过去的经验告诉我，“我们不适合”。

然而，后来我学会，立刻放下倔强，无论在如何失控的情绪中，我都会静下心来，主动去找他，去拉拉他的手（即使他气得不想理我），我轻声地对他说话（就算他不回答），即使我知道他还在气头上，我觉得我得把这话说出来，我还是要表达我依然爱他，才能安心去睡觉。

那些看似不甜蜜、不可爱的对话，起因都不是为了伤害，而是为了表达、理解，即使在那样的恶声里，我也听得出其中的善意。

阿早与我和好的方式是缓慢的，第二天我们鲜少交谈，但他还是会做早餐，上班时，会传一个“晚上吃什么”之类的生活简讯，但我知道，这是他的方式，再给他一点时间，就会回到常态。我们知道，这些都是情绪，只是争吵，不伤害爱情，我们会回到好的状态里。给自己与对方时间。

每一次的争吵，都让我发现自己的问题，与身上尚未痊愈的伤害，每一次的和好，都让我看见爱情的坚韧并不体现在那些甜蜜的时刻，而是我们如何渡过难关。

“我看见你的脆弱，我不喜欢你某些习惯，你这样那样可能是错误的。”恋人为我们指出这些，并不是要让我们伤心、难堪，这些都包含在爱之中，重要的是，发现了之后，如何继续去爱，如何好好地爱。

我感受到自己慢慢变强，是在可以彻底看见自己的软弱、自私、脆弱、恐惧之后，我设法不再去遮掩，不再害怕看见恋人眼中我自己的倒影，我愿意静下心来好好与他讨论这些，我知道我还需要很多时间才有能力处理，但我们不放弃。

有那么一天，你本以为所谓真正的自己是不可能为人真正所爱的，可是有那么一天，你相信了这份爱，不仅仅是因为被好好地爱过，而且是因为你也开始去爱了。爱上不完美的对方，与不完美的自己。

一见钟情

年轻时代，我只相信一见钟情，我以为其他种类的恋情都是经过妥协的结果,可能过于功利。或许因此,我谈过许多起初美好、最后近乎悲剧的恋爱。

因为不知道爱情到底是什么，盲目摸索，感觉应该更像“疫情”，是以灾难程度大小来感受强度的，有一种说法是“失去之后才知道爱得多深”，但我深以为却是“在一起之后才知道分开比较好”。

气质、长相、身材、打扮或者某种难以描述的“整体氛围”，就是这样打中你的心了，你觉得再也无法忍受见不到他，你盼望因为与他靠近，他所有美善、魅力就都属于你，你想象与这样的人共度晨昏，进一步说话、亲密，甚至，一起生活，白头偕老。奇怪啊！不管几岁，即使是少年少女，在一见钟情时，也都会产生“此生非你不可”的贸然念头，而这些更教人确定爱的神秘，爱的不可解释，以及爱的“模糊形状”。

面对“那个人”，我们总是太急切了，深怕一旦错过就此永远错过，或者也不知道怕什么，那种不能自制、为某人神魂颠倒，那近乎飞蛾扑火的种种行为，都让你感到爱意充满，行动力满分，爱情就这样来了，你没多问、多想，能在一起就好。

无论多么强烈的一见钟情，进入爱情之后，就是二见，三见，常见，你看见他，他看见你，你们关系日益频繁，深入，你惊讶于“这是我当初爱上的人吗？”或者“他为什么越来越美好，让我越陷越深？”我就曾经在某段恋情里，几乎第一个星期就想要分手，简直大梦初醒。我后悔于为什么不认识深一点再交往，但我们已经写了好多好多信了啊，我好像也已经知道他的这些那些过往，这个那个疾病，他为我描述过之前的疯狂、悲伤、痛苦，然而，交往前那些只是“故事”，交往后，那些曾经疯狂的举措，变成了我的“生活现实”，我只想逃。

确实，观察再久，有许多事不在恋爱的时候是无法发现的，不只是那些“日常生活细节”或“人格特质”,而是在面对与人“亲密”“冷淡”，面临“选择”“失望”“挫折”时的反应，我们会对最亲密的人毫无保留地展现，甚至，我们会对他进行“感情勒索”，甚至召唤、引发自己内心也不知悉的“黑暗”与“狂暴”。

一见钟情的危险在于，使人轻易地构想一种隐恶扬善的“爱情”，将恋人的优点放大到极限，以至于交往时失落更深，造成纷争，或陷入自己也无法解脱的困境，甚至把生命都困住了。虽然这些过程是学习爱、学习理解人、学习面对人生并非如想象中般一帆风顺的体验，但初试爱情滋味的人，或者始终带着少女心恋爱的人，往往因此承受超过预期的伤害，甚至失去勇气无法再进入爱情。

我们可以做的，并不是关掉一见钟情的机制（如果有这种装置的话），而是，从这使我们一见钟情的对象（有时是一种类型，你总是爱上某种类型的人，谈着剧情相似、结局相同的恋爱，而只悲叹自己命运不佳，遇人不淑），反过来认识自己，辨明自己心中的恐惧、失落、遗憾与追求，在与这个看似“命定的对象”互动的过程里，尝试修补自己，进而可以不需要透过特定的符码、特征，来寻求爱情。不再企图透过爱情“立即”地使自己完整，或得救。

无论是日久生情也好，一见钟情也罢，那些没有美好结局的爱依然贵重，重点在于整个过程我们到底经历了什么，学习了什么，倘若我们知道，这世上没有一个人是设计好来“符合我的需求”“使我一定幸福”的，我们体验各种爱的“开始”，那最神秘、最不可捉摸、最令人激动的时刻，但心里知道，即使如此，自己的人生依然需要自己背负，这段爱情未必会以美好结局收尾（谁知道结局到底在哪?)，理解爱情的无常，不让一次爱情的结果打碎自己。

我曾经期待着这世上有某个人如此美好，足以使我的人生也变得美好壮阔，曾经，有人紧抓着我不放，或者我不顾一切去追不属于我的爱情，最后两败俱伤，身心破裂。经历过许多次精疲力竭的爱情，我慢慢知道，无论遭遇再美的人，人无法透过占有来使自己成长，真正可以使人生变得更好的人，不是他人无尽的爱，而是自己的成长，而我更期盼自己从等待拯救、期盼奇迹以恋人的形象出现的人，转变为可以带给他人幸福的人。

幻影

年轻时有过一段“刻骨铭心”的恋爱，起初两人爱得火热，后来我发现对方与我对这段恋爱的理解不同，大约就是我已经全然投入，而他还无法安定下来（不愿再进入一段彼此承诺的关系），理解到这点，年轻的我感到非常悲伤，也很错愕，还有很强烈的被羞辱感（自尊心太强，自信心又太低）……明知道两人的关系仅止于此，且会逐渐崩坏，仍在陷溺的我，有时离开有时回来，好像都是自己演的戏，那痛苦更是无法言说，拖磨了几年，那个永远不离开、不走近，不拒绝、也不承诺的人，总会在每一段新的关系里，成为巨大的黑影。

有时想来荒唐，然而，当时身陷其中的我，却怎么都绕不出某些鬼打墙的矛盾，有些日子，我觉得自己看开了，即使没法设想未来，我也能跟他相处，不要求，没有期待。有时，会突然发狂似的，觉得他才是应该“勇于承担”的人，一开始说要帮助我，最后却伤害了我……但，奇怪的是，我无论多么伤心，难过，任何时候，我从未对他说过一句狠毒的话，好像即使那么年轻时，我也知道那是我自己的问题，个人有个人的承担，只是我在演内心戏，他看不出来，或看出来了，无能为力，使我感觉自己孤独且可笑。

如果是现在的我，可能会少受一点苦。

两人陷入热恋，只凭真心，全然没有计划，但一旦进入关系，需要具备的，是比“喜欢”“欣赏”“迷恋”“赞叹”更多的支撑，需要日积月累的爱，需要具体的协调，需要对关系的进行有共识，所谓的共识都不是一下子建立起的，最初，是你有你的方向，我有我的看法，刚好相合的，觉得真巧，不合的地方，因为爱意正浓，会被巧妙遮盖，但那些更为尖锐、影响力较大的观点，比如是否一对一，比如厘清对方以及自己目前与其他人的亲密状态，比如，对同居的看法，对婚姻的看法，对于将来交往之后的相处方式的看法（愿意，以及有能力如何去维系），通常，到了这个阶段，有些人最基本的状态会跑出来：比如对亲密关系的恐惧，或对亲密关系的依赖；比如无法承诺，或过度承诺；还比如，占有欲、控制狂、自卑感、猜疑，会在两人进入爱情关系、变成恋人之后，突然像遭到病毒攻击，让我们几乎“认不得对方”。

然而那才是第一关。

爱情关系，需要一点一点确认、摸索、调整，有时会前进，有时会卡住，有时会倒退，有时，必须分离。这都是单纯的“爱恋”不用做的，是因为要有“关系”，所以必须具体落实。

对很多人来说（比如从前的我），爱情就像是突然掉进一列只能前进没有停靠的火车里，而且越跑越快，即使上错车，坐过头，甚至路线已经改变了，却没有任何机制让我们停止、下车，因为那样会受伤，会难过（无论是哪一方），人们为了避免痛苦，会停留在车上，直到出轨，或撞毁。

然而，爱情关系不是没有刹车的行驶，既然是关系，就是可以变化的，正如人生每日的无常变化，进入关系第一个条件，是要知道，既有开始，就有结束（生老病死，爱恨别离），既然是“两情相悦”的开始，也可以“两方都接受”的结束。

无法接受“分离”“失败”“不顺利”或“非自愿结束”的关系，就不要贸然进入关系，因为这些都是关系可能的将来。

另有一种，我们总以为“你爱我了，你一定会……”自动将对方想象成某一种人，或者他必须得成为那样的人，否则就是伤害我，你要求他忠诚、体贴、负责、照顾、温柔，仿佛那是被爱之后一定会得到的，但人都是不同的，每个人对爱的表达、爱的能力甚至对爱的理解与想象也不同。年轻时我爱着那人，因为距离远，每天我都想跟他讲话，见了面，就不想回家，我以为“如果你爱我，一定也跟我一样”。结果，人家没这样，我就难过了。

接受关系的可能结束，也要接受关系的“可能挫折”，两人都有爱的意愿，也已经在一起了，但有一方步步进逼，另一方荷尔蒙拼命想逃，一个人已经想到白头到老，另一个人还想着自由自在。当发现对方没有“只爱你一人”的打算时，感到崩溃、挫折、悲伤，甚至愤怒，“为什么伤害我？”

爱情里最叫人不解，或者最难以处理的，就是这种“伤害感”，无论是因为对方不愿意承诺，或者是对方承诺了但做不到，不论是他说了实话“没办法一对一”，或他说了谎话“说好一对一，但实际上没办法”，另一方总会是天崩地裂。

我常想，年轻时的我把爱情看得好大好大，然而却不懂得如何灌溉这份爱，甚至，不知道如何才叫作付出，怎样才算是去爱，一点点爱情上的挫折，就足以使我崩溃，足以令我的世界瓦解，于是显得那个人好像对我做了什么十恶不赦的事，但实际上，我还没有建立什么自我，我的世界也还单薄脆弱，有人爱我，我就将那人用来充实我所谓的“自我与世界”，像充气一样，把这份还没有内容的爱，充胀到最大限度，以为那种感受就是爱。

若是现在的我，会在这个关键的时刻，与他详谈，我会有比当时更大的勇气聆听他不能承诺的原因，愿意撇下自尊与个人面子，去理解为何两人肉体上的亲密却无法带来关系上的进展，他能不能承诺，要不要与我厮守，无关我个人好坏，与价值无涉，那是对方的人生选择，对方基于他的意愿，做了一种感情关系的选择，有时不如我所愿，难免失落，但也仅就失落而已，因为即使恋爱中人，也该有权利做自己的选择，已经爱下去了怎么办，道不同，分开走吧。

要能分辨该下车，该转弯，该停车，该有不让彼此坠毁的解决方案，爱情不是失控的列车，两个自由的成人，要有能力做出对彼此最好的判断。

但前提是，不要害怕挫折，不要因为失落而把原有的爱炸碎。

认识一个人，深入理解他，亲密与他交往，本就是冒险，这份冒险，使我们扩大了生命的可能，这份冒险，当然也可能会使我们痛苦心碎。

然而，真正使人痛苦心碎的，往往是自己内在原有的东西，爱人给予我们的挫折，他的犹豫不决，甚至他的背叛，或他的离去，只是促使我们看见自己内在那份脆弱、恐惧、那块还受伤的地方。

于是，说了做不到的承诺，答应了没完成的事，轻易说出口的诺言，或者，不知为何的谎言，这些，就像是生命用来测试我们到底是一个如何的人，我们可以如何面对挫折，面对失落，面对他人善意或恶意的伤害，我们如何判断何者为伤，何者只是彼此不同造成的摩擦，我们如何在受到挫折、面对失落、遭到伤害时，能够保有自我，不轻易被虚幻的情绪摧毁，要如何能从痛苦里，找到爱的价值。

看清楚这一切，会发现，即使得到爱，或失去爱，除却在恋爱里的狂喜时刻以为什么都有人共享，以为快乐时光总会延续到永远；忘记了自己的责任，进入一段爱的关系，实际上要承担更深刻的生命重担，必须具备更完熟的力量，不只是不离开、不背叛，愿意白头到老，如此而已。爱的能力，甚至包括毅然放下，包括成全，包括谅解，包括放开。

尊重每一个阶段，每个人的选择，并设法理解他人，尊重对方的选择，也设法理解自己的感受，不逃避痛苦，不躲到被害者的角色里，痛苦不会是永远的，除非你想要让这份痛反复继续。

爱情关系是两个人互动的结果，无论是自己的不安全感，对于孤独的恐惧，害怕失落，或无法抉择，是对于过往甜蜜的眷恋，甚至已经是对于关系的依赖，把人生问题全都转嫁到爱情问题上，这些，那些，点点滴滴，爱情的挫折，往往反映了我们的现况，我们内心的实景，然而，既是自己内心的风暴，也就只有自己才能平息。

无法想象失去他的生活？一想到过去的快乐，就痛苦得受不了？觉得受伤了？感到被欺骗？觉得“一开始根本不是这样”，“为什么要这样对待我？”放下这些，放下那种不甘、不平，甚至想要报复他的感觉，让自己像一个成人那样，可以妥善地处理一段关系，不必什么都要靠对方的善意，你自己就可以终止这些轮回。

你自己就可以走出去，当然也可以找到自己新生的路。

失去

总是等到即将失去，才知道失去的恐怖，但是为什么“失去”像是怪兽，你只能看见它一点一点现形，就能逐渐笼罩整个天空、让世界变暗，使生命变形。

他说要走了，这次是真的了。“我不爱你了。至少，不像以前那样爱你了。”“我曾经非常爱你，但那份爱已经消失了。磨损了。”“我对你失望了。”“我们和平分手吧！”

或者不解释，不说不爱，只是“要离开”。

到底哪一种情况比较好？可不可以都不选？

纳闷自己哪来的自信以为他的爱永不消失，后悔那些曾在争执时说过的粗暴言语，气恼你为何往墙上丢了一只杯子，干吗没事要偷看对方的手机……桩桩件件，你紧张、吃醋，不安全感、嫉妒，所有恐惧总和起来变成了失去。

我曾面临的失去，是早在自己逐步失去时还不自知，不仅不自知对方的疏远，更未发觉自己的怠惰，爱情是两个人自愿成立的关系，失去，也是两个人造成的结果。

我曾以为那人是我世界的全部（因为我的世界也还没建立起什么），甚至包括同居、交通、经济等，恋爱将两个人的所有都缠在一起，离开，像是要把生命切成两半，“什么都没有了”。

本来就无一物。我经济不独立，甚至不会骑摩托车，我还不敢放手全心投入写作，生活里除了恋人，我连跟家人关系都不好。

这是谁的问题？该由谁来面对？答案很清楚。

后来我先去租了个套房，买了台二手摩托车，从组装书架、采买一只盘子开始练习。

失去的痛苦，现实上的崩裂，自己性格的矛盾与脆弱，对方对爱情的忽来忽去，感情过程里的伤害，与对最后彼此的选择，究竟为何走到分手，这些漫长而细微的过程应该抽丝剥茧，公正理性地回顾；但即使这时候回顾或反省也挽救不了关系，甚至，我们不是为了挽救关系而做的，对，这样的时候不要“使出全力”、“动用一切可能”来挽回，不要挽回，不要做出千百个承诺，不要发誓我会改，可以表达“愿意努力”“希望对方再仔细思考”“给彼此与关系一个机会”，然而这些表达以外，不要用情绪作为武器，不要以死威胁，不要用自己的痛苦来让对方“理解”你的爱，很痛苦、很害怕、很担忧、无法想象接下来的生活、茫然无措，这是真实感受，但这终归是我们自己的问题。

感觉即将失去或已然失去，是爱情最后一个身影了，那感受如此漫长、细致、美丽却令人悲伤，以至于你几乎想起了几年来所有的发生，面对着他收拾一半的行李，所有曾经成双成对如今都形单影只的景物，你悲痛欲狂，你想，前方没路了，没朋友、远离家，如今连最后依靠都要失去了，不如死。

但不要死。尤其在失恋的时候，即使只是为了不让对方遭到罪咎，也不要选择自残。应该在即使最后一分钟的关系里，也想着要让对方“好”而不是要他“懊悔”、“自责”。

爱情显露的往往是我们生活与生命某个阶段的面貌，恋人只是相陪一段的同伴（即使这一段也可能长达一生），关系与生命都充满变动，这是最开始要给自己的心理建设。

珍惜这最后时刻的回看，记起自己在还相爱时的猜疑（不能只因为他长得漂亮就心生不安），就要去面对性格里为何善于猜疑（这跟对方长相无关，这是自信的问题），该如何表达这份不安，进而改善容易不安的感受，这需要很多努力。记起自己在争吵时的暴力举措，除了后悔，更要知道这是与爱相违背的，无论多么愤怒，要学会控制愤怒，而不是用力量去展现。“但生气、不安跟他的作为也有关”，是的，恋人的所有事物都息息相关，然而，你因为对方的美丽性感热情而爱上他，不代表这份美丽性感热情只属于你，当他决定要开放自己，他想要更多经历、更多爱，当你们相知更深，或许该做的不是怀疑、担忧、责骂，而仅仅是放手让他自由。

爱一个人，未必只能将他占为己有。相爱到一个程度，发现彼此心之所向并不同路，不要勉强，可以改变关系。

失去所爱，仅是表面的意思，只要你珍惜他，他始终存在你的生命里，可以给予你意义。然而，现实上的陪伴确实没有了，你必须回到自己的生命里，“切切实实面对属于自己生命的课题”，整顿起事业、工作，认识新朋友，做各种可能的尝试，让倾颓的生命重新站起来，花费心思厘清自己生命里正在遭遇的问题。当所爱的人要离去了（无论生老病死、爱恨别离），也是催促你得回到“自我”这个主题里，这不仅是要“爱自己”，而是要直面自己，修整自己，重新审视在这段关系里自己的改变。不要摧毁自己，不要用悔恨模糊记忆，记住这段关系里所有带给我们的意义，哪怕是痛苦的部分，而从中找出可以让生活继续的力量，所有的挽回、懊悔、等待，都不要针对他，而是化入生命里让自己变得更成熟、独立、有能力去爱的人；我不知道你能不能等到他，该不该等他，然而，那条河流已经不同了，唯有重建自己，才能面对日后的生活，以及，即将到来、那份可能的爱情。

伤害

噩梦的时候，曾经伤害你的往事就回来了，你很惊讶自己在梦里竟然还是没有抵抗力，还是那样任命运摆布，你很惊讶自己突然又跌进了进退不能的处境，你没有“遗忘”那些事，再看见的时候，还是那么痛苦。

你问我，经历过那么多不堪的过去，这样还可以有自信吗？还可以幸福吗？拥有那么多痛苦的往事，可以过着不同的人生吗？会有人真正爱我？爱真正的我吗？

我要如何拥有自信？

伤害是真的，痛苦是真的，为那些痛楚而动弹不得，仿佛永远会被困在往事里的自己，所有人都安慰你“要往前走啊，别再想了吧”，但只要稍有不慎，你总是跌回往事里，或者被“现在”与过去的相似感吓到。

后来我感觉自己的生活变平静了，就像已经开刀摘除的子宫，终于不再流血，也没有撕裂身体的痛，慢慢地能够储存能量，渐渐强壮了起来，但每个月的周期里，我还是可以感受到身体因荷尔蒙的变化，我甚至会在那个日子来到时，真实地感到疼痛，我怀疑那其实是“幻肢痛”，因为已经痛了二十年，身体还记得，再现了那个痛。

我觉得“遗忘”这个机制，是使人类可以活下去的生存本能，你不会重复一万次地为某一个伤口疼痛，你还记得那痛苦，但伤口结痂，痂脱落，里面的皮肉生出来了。痛楚的记忆，流血的画面，变得似真似假，但我们不想要遗忘，以免失去它，如果那些伤害背后存在着非常贵重的人事物。

所以我想，这样的遗忘，并非真的遗忘，只是经过岁月、时光，经过漫长的等待，努力的理解，那些就像被包进壳里的砂粒，因为日复一日的努力，终于长出一层膜，包裹了它，使我们不再鲜血淋漓，而年岁经过，那个膜里的事物也发生了质变，俗气的说法，就变成了珍珠。

我想对你说的是，那些回想起来栩栩如真的痛苦，那使你觉得自己没有资格爱人、也不会被爱的往事，都存在你的内里，等待你变得坚强，足以承担，你或许会一直随身携带着，无论愿不愿意，遗忘只是一种表面的形式，而转化，才是你可以为自己做的。

真正从梦里醒来，我在床上躺了许久，慢慢辨认这张床，这个房间，我听见窗外的鸟啭，感受到世界一天已经展开许久，猫在客厅等着吃饭。

十年？二十年？三十年或更久，我终于来到了远方。我有独立的生活能力，可以养活自己，我有热爱的工作，并且拥有不让一场噩梦摧毁的坚实生活。

你也会有的。每一天都是新的开始，都有机会可以摆脱往事的纠缠，让自己变得坚强。或许你还是会时时掉进伤害的梦里，但你总是有机会再醒来，再前进一点点。

无论是什么样的人，无论拥有怎样的过往，都有资格去爱人。

不要再伤害自己了。

理解

你问我为何两人是朋友的时候，可以互相理解，变成情人之后，他却变得无法理解你?

这种差异感我能清楚体会，但我从自己的经验里察觉，造成这种差异最大的原因，是因为恋爱之前，我们会努力理解别人，而恋爱之后，却总是想要对方理解我。

还是朋友的时候，只要对方对我有几分了解，或表达出对于想要理解我的兴趣，我就会感到非常惊喜，觉得这个人是我的知己，尤其是在当我喜欢这人，或者他表达出对我的喜爱时，这份理解显得好珍贵。但，当我们变成恋人时，“理解”变得理所当然，变成一种义务，好像他已经是我的恋人，他一旦表明爱上了我，理解我就变成他的责任，成为他首要的任务，还是朋友时的互相倾听，谦逊地想要透过更多地理解对方来表达爱意的动作，都不再显得特别，“因为关系不同，要求立刻升级”，我们没发觉自己对待情人与朋友的要求如此的不同，甚至连我们的作为也显得不同了。但两个人不会因为宣布相爱，决定交往，就如获神助，这种关系的确认，只是代表彼此想要进一步的发展，更深入地相处，但往往，一旦进入恋爱，我们表现的更多是要求，我们努力的方向往往会从“去爱人”歪斜到“确认是否被爱”。

眼前的这个人没有变，你们之间的互动跟以往也没有太多不同，差异可能只是对待彼此的心态。

放弃“他应该理解我”的假设，当你发现他不理解你时，可能要反过来设想，那么我理解他吗？我这么迫切渴望他的理解时，我想要表达的是什么？我需要的是什么？而面对我如此迫切的需要，他是否感到退却？困惑？压力？或者他也同样感到不被理解的痛苦？当对方无法理解我们，我们需要做的可能不只是再三地解释，而是退一步思考，这个渴望被理解的背后显现的焦虑，进一步的作为，是设法解除这份焦虑，回到仿佛初相识时的陌生。人是多面且复杂的，我们对自己的理解本就有限，更何况要另一个人来理解我们。

不假设他应该、必然理解我，而去假设他可能不理解，去接受这份不理解，在这个前提下设法使他理解，或设法更理解他，这是相爱时最重要的一点，也就是“不要求”。

无论彼此是朋友或恋人，都不要求对方必须怎么做，而只是要求自己，期许自己能够做到我们希望对方达成的，恋爱时有一种奇妙的反应，当你只是专注于付出，不着眼于要求，会发现自己其实所获甚多。

有一种很好的情人关系，那是无论多亲密，始终像对待你想要去爱、而彼此还只是朋友关系的时期，那样的心态，当时，你所渴望的，只是有一个机会去爱他，盼望将来有天你们会相爱，那时你想到的只是如何去爱，如何去理解，你会给予对方自由、不进一步要求对方一定有什么反应，珍惜对方给予你的点点滴滴，因为你还不拥有，不会去计较关系里的付出与收获。

不要求，不期待，只是原原本本地，就像你最初爱上他那样，我们不企求立即被理解，而是通过漫长时间的相处，点点滴滴的认识，逐渐地累积起彼此的爱与信任，这本就是困难的，更要给彼此机会，缓慢而切实地去实现。

不要急，不要气，他不理解我怎么办？至少我们也还可以反过来去理解他。所以我们有余裕去帮助他有机会来理解我。

恋爱课2：我们都是千疮百孔的人

[理想家]

加入理想家，发现更多可能 ...

重来

很少数的时刻，会想起某些人、某些往事、某些画面像已经斑驳的照片里残存的影像，骤然清晰，你会记起，对啊，那时候，为了某件事而欢欣、迷惘、痛苦、哭泣……那已经是过去了，在记忆的远方，身体仿佛还存留着因为那些事物引起的反应，眼泪的痕迹，咬啮的痛楚，心脏因痛苦而皱缩，握紧拳头想要阻止吼叫时，手指蜷握的触感……你坐在精神科候诊室的长凳，心想着自己没病，可是又那么需要求救。

曾经，我以为放开就是失去了，我无法想象失去之后的世界，即使身处其中令我非常痛苦，然而失去却是无法想象的，像把刀子握在手中，宁可流血也不愿意松手。

然而走着走着，两个人的路，早已剩下我一个人，我颠簸地走，恍惚地走，像是为走而走，更像是因为无处可去，无路可走而走，那时我以为，离开这条路，我就不是我自己了。

恋爱里，你总会有很多后来想起也感到惊心的思想，比如“即使这样，也不能证明他不爱我”“他一定是有什么苦衷”“只要还能见面……”、“只要还可以爱他”。

后来才知道，是因为执意留在原处，才使自己不像自己，为了保有那仅剩一点点的关联，我努力哄骗自己，说服自己，“那也是一种爱”。

是啊，那也是一种爱，是世间万般种情爱的一种，而这样的爱，更该在该收手的时候收，我们都知道走不下去了，只是谁也没勇气喊停。他慢慢退出我的生活，而我嘴上说着放手，眼睛却望着远方，等待着偶尔，微乎其微的可能。

这样不好，我知道这样不好，但那时的自己，还没成熟到足以将对自己不好的情事转变成一段回忆，我只是一直想着：“我到底哪里没做好？以至于他从爱我，变成不爱我？”我只是想着：“如果我那时没有……后来就不会……”我只是反复地，像一种执念般想着“可是我们曾经那么快乐……”

医生没多说什么，想来爱情的执念，药物也无法挽救，我在公园的大树下坐着，好友陪着我，那是我从前最喜欢的公园，我们总是去那儿散步，但我坐在那儿，只觉满目荒凉，绿草都不绿了，我不想活了。“我该怎么办？”我问。

朋友很安静，他只是握着我的手，我想他没说出口的是：“没有任何力量可以使他人用你想要的方式去爱你。”

后来我搬了家，住在一个大楼的小套房，有个好大的露台，全空的屋子象征我十年各种爱情的结果，三十一岁了，这才要从头开始。

分期付款买空调、冰箱、床架，存了钱就再添购好看的床单、沙发、茶几，自己缝制调挂的窗帘，二手市场买来的小摆饰，一盆一盆搬上楼的植栽，夏天的傍晚，朋友们来看我，我们在露台上聊天，凉风徐徐，我还是那么痛苦。

即使在最痛苦的日子，我也没忘记我得写小说，得把生活重整起来，我总是沿着长长的堤边散步，走很远的路去吃饭，写长长的信给朋友，还不懂得如何为自己疗伤，像戒毒一般地，忍耐着不回应他任何的信息。他想必很内疚吧,而内疚也挽救不了我们。

后来我开始写长篇了，每周趁着不用送货的日子，写三个全天，三个夜晚，就是从那时候学会规律写作的。那个小屋从避难所成为我最喜爱的工作场所，我不再需要跑到咖啡屋，不用他人允诺，我自己也有能力给予自己一个安身的屋子，书桌靠窗，写累了就走到窗外去，有一天我望着对面大楼的人家放鸽子，那些鸟儿突然全朝我这边飞过来了，以优美的弧度，在我上空旋绕，又飞往别处。

那时，我才发现我已经不痛苦了，还爱着，但不再执着地想要“回到过去的美好”，我还没忘记，我只是遗忘了那种被爱情捆绑无法自已的感觉。

遗忘，或许不是遗忘，我们只是把某些纠结于心的事物打包整理，放进了记忆的深处，不再去撩拨它，然后全然投入生活里，投入那已经失去许久的自我中。没有任何力量可以使他人用我们想要的方式来爱我们，幸好，我们总是还可以使自己快乐、充实，以某种自己做得到的方式，缓慢地而艰难地，像撬开一条被硬石阻碍的路，过程可能会非常缓慢，我回忆当初，想着是那条有大树的河堤救了我，是那个有露台的小屋救了我，是爱我的朋友们救了我，是小说救了我，是这些美好的人事物让我有了暂时可以遗忘的去处，让我知道，我未必只能重返原地等待一个不可能的爱情，我可以重新来过。

无论几岁，生活是你的，你总是可以重新来过。

同病相怜

早期的恋爱，我爱上的都是有着“痛苦遭遇”的人，不幸的童年、悲伤的过往、精神上的创伤、难以启齿的身世，贫穷、失意、忧郁，甚至躁郁，无论是精神上、肉体上、人生际遇、感情经历，不但复杂，而且饱含痛苦。我总是吸引这样的人，也为这样的人着迷，我根深蒂固认定自己有着与他人不同的过往，一般人无法理解我。（但何谓一般人？）我甚至会在听闻一个人悲伤的过往时，忍不住地爱上了他／她，我以为那样的人才能感同身受。但实际的经验却是，我们因痛苦而相互吸引，最终却都是想要得到对方的疼惜、理解与帮助，甚至可以说，我们的爱是建立在“渴望被爱”“期盼被拯救”之上，而彼此却都还没有具备能够爱人的能力。一开始可以很快理解对方的痛苦（也未必是真的理解），进入关系后，却因为彼此尚未痊愈的伤，容易怀疑、不安、悲观、愤怒、忧愁，甚至，因为自己还太过脆弱，无法好好展现理解他人的能力，更遑论有力量去付出爱。一段看似相互契合的恋爱开始了，接下来面对的却是彼此的伤痛带来的后遗症，“痛苦的人往往也是危险的”，我与对方皆然，我们尚未从经验里解脱，我们还带着那些旧习，我是习惯被感情勒索，对方若不是习惯进行勒索与控制，就是恐惧亲密、无法承担关系。我们向彼此揭开自己的伤，却责怪对方没有因此“更了解我”、“没有能力帮助我”，我们因为痛苦而亲近，因承受不了痛苦而分离，最后却导致了彼此另一次的创伤。

爱的一种表现形式是“同理”，然而光有同理心不够，这份同情理解若造成的只是勒索、控制，甚至是自己无法自制的退让、扭曲，会使这个产生爱的人再一次对爱感到恐惧；而习惯以爱进行勒索的人，也会因为无法顺遂，若不是看见自己的软弱而感觉挫折，就是对爱失去信心而逃避，或者变本加厉再一次去寻找“可以控制”的对象。

很长时间里，我对自己这样的感情观觉得困惑与痛苦，我不懂为何当初信誓旦旦爱我的人，最后却成了我必须逃离，或对方逃离我的状态。我渴望平静，却不自主为强烈的爱欲吸引，我来到痛苦的人身边，最后却忍受不了他们的自私与自我中心（我自己又何尝不是）。当时的我还不明白爱是需要能力的，我以为对方不爱我，也以为自己的爱消失了，把爱当作是一种无可避免的“天然灾害”，因为自己的性格与过往，将我带到危险的人身旁，而我自己的存在，对他人也是一种危险。

从来没人告诉我、甚至教导我，爱是何物，当我们对一个人产生强烈认同、受到吸引，忍不住想帮他、救他，这是不是就叫作爱？当一个痛苦的人认定了我，当他表明只有我可以给予他爱，只有我是他想要的，我误以为这是一种“爱的表达”。某些时刻，需要与被需要都变成爱的同义词，而当需要成为爱的化身，关系里就充满“索取”，一开始的付出是因为心疼，后来的付出，就像是不可自制的“盲目”，充满了身不由己的感受，慢慢掏空自己，最后心神力气都耗尽，爱也走到尽头。

而反过来说，对他人而言，我或许也扮演了这样的角色。别人对我，起先是怜惜、心疼，后来就感到压力，甚至觉得我与他想象的根本不同，这份爱似乎成了“压力”来源，那种“我们握有解开对方心灵的钥匙”的灵犀相通，却变成了“我觉得我还没有准备好与人朝夕相处”的亲密障碍。

我们不只是过往伤害的产物，然而那些伤害确实还在我们身上，带来影响，没有几个人有能力在恋爱之前就把自己都治愈好，然而，我们确实应该在恋爱前，对自己有较深的认识，并且从过往经验里，汲取出模型、模式或者教训。我慢慢发现自己对痛苦的人没有抵抗力，而这代表的就是我创伤的一种模型，我不自觉把“爱情”当作解决人生问题的方式，仿佛是如果我有能力与一个痛苦的人相爱相处，甚至，如果有能力治愈、帮助那个人痛苦，就转移了我必须处理自己痛苦的压力，我就是一个有能力去爱的人。然而，多少次失败、痛苦、一再重复的经验告诉我，自己的问题还得自己去面对，带着“拯救”或“求救”的前提去爱，往往只是种下了“埋怨”、“失望”、“责怪”，甚至演变成“新的伤口”。

当意识到所有人都必须对自己负责，我慢慢比较有能力去抗拒“所爱的人”倾注给我的要求，但这还是我的罩门，我依然是容易被控制、被勒索，甚至自己会去招致勒索、招致付出透支的性格。我见不得所爱的人痛苦，我无法分辨在爱情中人我的界线，我还不知道怎样的付出是正确、足够、合适的，在此之前，我要懂得分辨“爱的心意无限”但“爱的能力有限”，并且要深切体悟，“溺爱”、“纵容”甚至是一厢情愿的“帮助”，所有看似无条件的付出，尽可能想满足对方、只希望他好起来的念头，必须做理性的调整。我们爱一个人，不能只是因为“心疼”“在乎”，不能专门去做那些“不做我会难过的事”，而是要懂得分辨如何去做“对他是好的”，这个好不是让他满足或快乐，而是在帮助彼此都成为独立、自主、成熟、自由的人，能够帮助彼此都朝这个方向去，才是对爱、对关系、对彼此都好的事。

但这好困难啊，当我们爱一个人时，多希望把所有最美好的都给他，我们多盼望自己可以在他还没经历伤害前就认识他，多么渴望自己有能力为他挡下所有一切苦难，然而，这并不可能。

可能的是，因为都经历过痛苦，更懂得辨认痛苦的原貌，痛苦会使人惺惺相惜，但不该让人彼此纵容、姑息，变成互相拖累、指责，甚至依赖、软弱，甚至变成感情勒索。我期许自己能够辨认爱的出现，不再只是用“心疼指数”衡量，甚至误以为那样的人才能理解我。后来我渐渐知道，有时太多痛苦的经历，会扭曲人，甚至使人失去同情理解他人、分辨是非的能力，甚至失去爱的能力，我自己就是最好的例子。

花费很长的时间，我逐渐不再受到痛苦的人吸引，或许因为我也懂得了如何与自己的痛苦共处，我也从漫长的时光里，学习了如何带着痛苦、却不为痛苦扭曲（尽可能地辨认出扭曲，慢慢地扭转回来）。同病相怜不再是我爱的标记，更重要的是，我会在生活里反复提醒自己，“勒索”与“控制”无所不在，甚至就来自于我习惯于替人着想、习惯以对他人好来躲避罪恶感（这又是我人生另一个巨大的议题）。想要有一份成熟的爱与关系，竟必须首先斩断自己习惯的“恶习”，每一个新的对象，都不该只用习惯方式去爱，每一次的过往，都该成为镜子，而不是复制的方案。那些因同病相怜产生的恋爱，我都牢牢记得，因为那些让我一次一次深刻发现我的问题根深蒂固，不能倚靠一份爱情的来到而“迅速得救”，甚至，有时我必须拒绝某些爱情，才能让自己避开一次可以预见的“重蹈覆辙”。但已经发生过的经验，是生命最好的提醒，爱不是救星、不是解药，而是让我们认识自己、认识他人最深刻的方式，但有些路是不一定要走的，某些恋爱，也可以在开始之前就辨认出，那更像是我们或对方伸出来的求救绳索。人们总以为只有爱你的人才可能对你无条件地好，所以拼命寻求爱情的帮助，殊不知，有时力量是反过来的，你渴望无条件对你好的人，内心也正渴求你的救援，渴望你无条件地付出。

整理自己、修复自己，并且学着在爱情里一点一点探索彼此，不要一泄如注地倾倒自己的爱，要让自己在爱的过程渐渐壮大，也帮助对方壮大起来。有能力去爱的人，不一定要找到“同病相怜”的人；有能力去爱，有能力理解自己，就不会饥渴于被理解与被满足，而更有能力选择、有余裕分辨。爱情更理想的状态并非相互取暖，而是为对方带来新的世界，是互相充实，而不是彼此消耗。

那时，爱不再是一种身不由己的状态，而是全身心的敞开，为的不是得救，而是在付出的过程里，看到自己与对方的成长。

消息

二〇〇四或二〇〇五年春节，那几年时间对我已无分别，仿佛只是失落的延长，春去秋来，冬天总是特别难熬。那时好友在台中开了玩具店，我去帮忙打工看店，春节期间一中街夜市里来来往往的人群如涨潮，生意特好，隔壁卖服饰的店面一直播放着流行歌曲，在摩肩擦踵的人流里，我有时听见歌声，有时没有，大多数时候我都麻木地收钱找钱打包送客，欢迎光临、谢谢光临——是我小时候最擅长的事，但生疏了，我只是因为友谊而站在那儿，并且，春节期间，我不回家，那时的我，一到了年节，就成了无处可去的人。

“看着被你退回的信，烧成了灰烬”，第一句歌词就清楚地传到我耳里，是张宇的声音，我从没有特别喜欢过，但那些字句就像电影字幕那样映现我眼前，我停下手中的工作，不自觉走到靠近服饰店的通道边，任由歌曲一字一句流经我全身，我无法动弹。

二○○三年，与阿早恋爱、一个人去旅行、之后与阿早分离，痛苦茫然之中，我依然继续上路，我清楚记得自己在缅甸、马来西亚或者后来再去的国家，表面上看来，我如常地工作、写稿、生活，甚至看来是欢快而无负担地。我是单身的人了，再也无须担心我的作为会伤害了谁，我是自由的吗？推着行李或提着行李，在飞机、出租车、三轮车、人力车各种交通工具上，异国街道、异国语言使我感到安心，因为在这些人的面前，我是全新的人，那些被弄错、弄拧，那些自己招致，或者命运捉弄而发生的悲伤，都变得遥远难寻，我爱的、不爱的、恐惧的、担忧的，所有曾经在我生命里留下难看疤痕的记忆，那些我始终无法解决的人生难题，那些“一再重蹈覆辙的爱情”，终于不再追着我了。

我身旁身后都没有人，没有任何我在乎的人，没有在乎我的人。都没有了。

歌声带我回到当时，旅途中某日，清晨，我听着远处的寺庙传来钟响，然后是轻轻的梵唱，声音如流水一般传进我住的旅店，我已无法分辨身在何方，清冷的空气是那么干净，将裹着床单的我通体穿透，我已经到达我可以到达最远的地方了吗？我已经离开你够远而再也不会伤害你了吗？可是我这些离开的行为不正都是因为我无法安然地面对你吗？你什么都不知道吧，或者，你是因为太清楚了所以沉默不语，你知道我的软弱、自私、困惑，你知道为了不失去爱情所以我们必须远远地离开对方，是这样吗？有这样的爱吗？更多时候我感受到的只是“你或许再也不爱我了，你再也不想见我、听我、看我、知道我了”，而我也没有能力拒绝这种拒绝，抗拒这样的抗拒，因为软弱的我唯一可以为你做的事，就是离开你。

我想着某些悬而未决的问题，将棉被又盖上脸庞，我还是我，某些往事始终跟着我，逃到哪儿都逃不了。

张宇的歌曲诉说的这些，字字击中我的心，我从来是会对情歌嗤之以鼻的，因为我一直是个麻木的人，内心太过脆弱以至于无法同情理解他人，也没有能力使自己温柔，我抗拒“柔情”这类的事物就像一般人抗拒毒物，可是那首歌一直哼唱着，我站在一旁像是受到太大的惊吓以至于无法反应，应该哭的时候我从来没办法好好地流泪，但站在人群拥挤的一中街，我安静地哭了，泪水漫过脸庞仿佛被热蜡烫伤，已经过了两年吗？或更久？我已经离开得够远了吗？远得我自己都辨认不了自己的脸，那些曾经在黑暗中做着陌生的事物，追寻陌生的安慰，在狂乱的街头，我脸上笨拙的妆，涂坏了的口红，妖冶的微笑，那些他不曾见过的样子，“这些不就是你要的吗？”内心有声音对我吼着。

我的伤痛来得太慢，又没有合适的名义发作，一首情歌将我释放，我想我一定是太累了，而年节又给了我忧郁的理由，朋友看着我的眼泪，没有问我为什么，后来我把眼泪擦干，心脏像是有一处被拳头穿过，我很清楚那些伤不是时间可以治愈的，但也唯有我自己可以解开。

重逢的时候我告诉过阿早这件事，每次到 KTV 唱歌，他还会像逗我似的把这首《消息》点来唱。

“越往远处飞去，你越在我心里……而我却是你不要的回忆。”我仿佛被施咒一般，唱到这几句，便会无法自制地哽咽，不能再唱。

我会赌气地说：“那时候我好可怜。”“不要难过，都过去了啊！”阿早温柔地说。

其实我不真的是这样想的，我不可怜，我只是无法自抑地在歌声的流转间回到那个卖玩具的市街里，并且同时回到那个距离庙宇不远的异国旅店，以及那些我曾经盲目踏上的街头。所有一切同时上演。

所有分离，最可怕的部分是，没有人会知道将来还有机会重逢。

所以后来有时阿早在我身旁，我会以为那只是梦境的延长（但离别时他总不来我的梦中，仿佛我连奢望梦到他都是罪恶的），会在早晨醒来时有种庆幸的感觉（梦醒了他还在这里）。即使已经这么久了，久得我们已不再寻求浪漫的约会，我们熟悉得如同对方是自己的一部分，幸福这种情绪依然会让我有时胆怯，所以我们跳过了幸福，直接来到家常，这样比较好，平平静静的，适合我们。

我们共度着分别的时候不能料想的“将来”,属于我们的人生，原来那时候我全部都想错了，我像个负疚的孩子，没有能力看到全景，甚至无法理解到是我自己导演了那场分离，阿早从来没有不要我，没有推开我，他只是静静地等待，等待时间或者什么力量推移着时光，等待我们各自的成长，让我们有能力面对彼此，面对自己，面对所有已经发生、或即将发生、那些我或我们必须遭逢的变化，等着命运的巨浪将我们颠来倒去，等待那个可以静止的地点。

过去的我,既是过于自私无法处理自己的“欲望”与“不安”，也不够勇敢去承担自己造成的“变化”，在分开的那些日子里，起初我只是自责于自己的错误，却没有能力为这些错误做出任何改变，我懊恼他的消失，事实上是我不敢继续去追问、探究，他一直在那个屋子里没有离开，我没有能力承担事实，只好转向懊悔自责，“他一定很恨我，不想再见到我”，甚至自暴自弃地想着：“都变成这样了，还能怎么办？”而后又自我安慰地想 :“没有我，对他比较好。”

无论是这样想，那样想，所有问题围绕着一个我无法忽略的核心，“我爱他吗？”“分开后我还能如何爱他？”

“我有能力爱谁呢？”

这些巨大的问题，伴随我去了很多国家，伴随着许多无眠的夜晚，像是自己身上一件抛不掉的行李，又或是一个最重要的器官。有时，关于他的各种回忆会使我痛苦，在这个说大不大的城市里，我幻想可以与他迎面相逢，然而那些想象里，我总是没有能力去想，“见了面，我要对他说什么？”我只是想见他。

我好想见到他。

多年之后，我们都是千疮百孔的恋人，再见面时，我们几乎都认不出对方的模样了，属于我们的过去，似乎脆弱得弹指间就会飞灰，但只要给我们一点点时间，我们还是认得出曾经爱过的那个人，那还是我所爱的。

现在，距离二〇〇三年十多年之后，偶尔我仍会为当时的事失神，我会在脑里一次一次回放我们终于见面的过程，仿佛仿佛如果不这样，没办法确定我们真的已经跨越那些分离，找到了对方。更重要的是，我总觉得自己在那些分离中学到的教训还是不够，我可能尚未正确地理解自己，我心中还有那么多残存的恐惧、歉疚、不安、罪恶感，这些都是对爱情有害的，我不光是要记得分离与重逢，我期盼自己能够找到答案，好像那些答案可以使我快速成长，真正变成一个有能力去爱，去守护，能够承担起爱的重量的人。

但那些焦虑、紧张、担忧、惶恐，无法真正带来力量，反而唯有在与阿早真实的相处，无论喜乐、忧伤、困难或艰辛的相处中，那一日一日辛苦兑现的，就是我心中问题的答案。

你失去了他的消息。你以为自己是他不要的回忆。他将你删除脸书朋友了。或者更多更不堪，你一回到家中发现他早已人去楼空，过去仿佛如梦一场。

真正的回忆存在于在意的人心中。真正的消息，或许写在空中在云里，是你无法解读的，但，只要相爱过，即使反目成仇、形同陌路，或变成了生命里无法触碰的伤口，这段恋情总会带给你什么，使你得以在漫长的一生中受用。

很久很久以后，你或许会突然意识到，谁对谁错，何是何非，由爱生疑，由疑生恨，或者难以释怀的背弃，无法谅解的谎言。生命中会突然刺痛你的，使你感到遗憾、伤痛的，不论是一首歌曲、一张照片，或一个你再也无法见到的人，事过境迁，你心中留下的，或许还是那句话：

我总是祝福着你。

紧急事件

part 2　emergency

互动

你问我："我们到底为什么需要爱情"，"如果在爱情里没有陪伴的义务，为什么要交男女朋友？"

我也常问自己，为什么我们需要爱情？为什么要谈恋爱？但这些问题，我得到的都不是"功能性"的答案，我们不是"需要"恋爱所以去恋爱，是因为"坠入情网"所以谈了恋爱，"爱情"并不是一个物品，一种东西，用以满足"某种"或"数种"需要。爱是一种状态，爱情是一种"关系"，而交往，只是众多爱的可能性之中我们选择的一种。

如果是基于相爱的前提而进行的恋爱，不是某种买卖，不是契约，也不是交易，那么，它当然必须是自由意愿底下的互动。两人是在相爱的前提底下，自愿地在或长或短完全不预期的时间里，愿意将爱情以"恋人"的方式落实在现实里，进行各个层面的深刻的互动，这其中当然包括了"相处"，尤其是生活上的相处，一起吃喝、做事、娱乐、谈话、睡眠、饮食起居，生活细节的互相参与，这些事都是让我们透过近距离的接触，让“爱”这种抽象的感受，能够有具体行为来表达，也让爱的心意，透过点滴的互动，从最初的浪漫感受，进阶到对彼此更深入的理解（或者说比较多面相的理解）。爱情的关系，是透过彼此约定的一对一方式（或其他形式），自愿在这段时间里更专注地与对方的互动，因为人的时间有限，虽然人的自由意志会让我们对更多的人产生兴趣、喜好，或者渴望，但若要进一步地认识彼此，若希望透过爱情的形式来探究他人内心，深入他的世界，并与之互动，现实上需要局限在比较少数的人身上，才能可行。

两人从彼此感到爱意，到决定了“交往”，都是基于自由意愿，所以即使在进入关系之后，因为这份自由意愿，是可以喊停的。即使没有喊停，对于不愿意去做的事，对于不是出于自愿的行为，都可以说不，所以我的观念中，谈恋爱不是一种约束行为，而是自由意愿的“约定互动”，一旦一方失去意愿，自动失效。

即使在两人都愿意的状态底下，每个人的时间、心力、处境都不一样，所以“陪伴不是义务”，因为当我们要求对方“尽义务”时，他的自由意愿会被妨碍，而这一种妨碍，是对爱情有害的。但，恋人需要相处，如果把“陪伴”转换成“相处”，是让人自由选择的，因为希望彼此关系更深入，希望理解对方更多、互动得更全面。恋人在决定进行恋爱的时候，得先把“相处”当作重要事项，如果不愿意与人多相处的，可以不选择恋爱这种模式，爱的感觉，放在自己心里即可。

两人都愿意相处，接下来要衡量的就是如何拿捏时间，如何让这份相处变得自然，符合彼此的需要。如果一方总是处在“依赖”、“寂寞”、“空洞”的状态，渴望透过恋人的“陪伴”来缓解这些痛苦的感受；或者，以为只要恋人愿意多花时间“陪伴”，自己人生的许多问题就可以得到解决，然而，被赋予这种“陪伴义务”或“陪伴责任”的那方，可能自己的状况也不佳，或者他也有自己的需求，或并不是没时间或没意愿，而是不喜欢“被指定该如何如何”。有时，单纯想要相处的愿望，却变成复杂且充满负面情绪的抱怨：“为什么你都不陪我？”“如果爱我就该陪我！”“如果都不陪伴，那为什么要交往？”

当你需要陪伴时，当这份需要变得强烈，令人焦躁，可能要先反过来想想，自己到底需要什么？这份需要本就不是有人应该来满足的，当这份需要不能得到满足时，自己该如何自处？

当你觉得需要陪伴时，或许你想要的是“互动”，你感到寂寞，可能因为缺乏更丰富的互动方式，但因为不知如何表达，也不知如何创造，只能以“为什么不陪我”来表现，看起来就像是指责、抱怨、需求，而对方会反抗、排斥、退却。

我们总习惯于某些事物的发生，将之视为必然，谈恋爱就是要一起吃饭、看电影、散步，享受亲密关系，甚至一起睡觉，一起外出，有些人将这些“曾经”发生在追求期间或热恋时分的行为视为“常态”，却漠视另一些应该深化、可以进一步得到进展的互动。比如除了约会之外，两人是否逐渐理解对方，是否对于彼此的处境更能支持，是否一起创造出一个人时没有创造的、比如扩大彼此的视野，因为认识另一个人而丰富自己的生活，比如因为这份爱情，让自己得到力量，进而变得更安定。

我们往往在还来不及得到爱情的益处时，先感受到了它的破坏力，比如原本一个人生活得还算独立，当有另一个人可以依靠，自己的依赖心就跑出来了，比如原本还算怡然自得，当进入恋爱中，却变得患得患失。比如，对自己的理解是个“大方的人”，陷入热恋时，却总是没有安全感。

进入恋爱，是透过与他人深刻的互动，发现更深层的自我，而爱情，是使我们愿意，或者想要，透过这种发现，进一步修整自己，面对自己，极好的方式。

当你需要“陪伴”时，先与自己作陪，让自己去掉那份焦虑、那种要求，可以更平静或更舒坦地试想着“如何与对方多相处”。所谓的相处，是相互的，当然是要一起做彼此都愿意或喜爱的事，而不只是要求对方听你倒垃圾、陪你逛街，把那些感到空洞、寂寞、乏味的时间，把那些希望恋人陪伴你的心意，转变成创造对关系与爱情更有益的事。进一步地关心对方，衡量他没办法与你相处的原因，试着去开发出彼此更多的心力，找出可以让彼此都开心或感到满足的事物，我想，当“被要求陪伴”变成“彼此在相处”，当“总是被指责做得不够好”变成了“我们来试试看如何去做”，陪伴不再是苦差事，“相处”就更有可能发生了。

当恋人从“陪伴”变成“相处”，当“义务”变成“意愿”，那些阻碍爱情流动的，会反过来帮助你们，让恋人有更多时间相爱，而不是抱怨或逃避。而你可以从一个总是渴望陪伴的人，变得更有能力付出。

对话

早餐人安静，我聒噪，看起来好像很互补，实际上我却常“吵到他”而不自觉。相处日久，我们并没有变成“谈话不停”的恋人，许多时候，我觉得不开口是我爱他的方式。

刚认识我就知道他安静，但直到住在一起，才知道他的话少得出奇，而且大多在上班时间已经用完额度，回家后只想静静地。

以前恋爱，因为长期独处，最喜欢讲电话了，觉得恋爱啊，就是要交谈，因为几日不见面，有好多事想要分享，想知道对方发生什么，感受什么，交谈使我们感觉就在彼此身旁。

然而，经过这几年的“安静练习”，我慢慢发现过去那不断地说着话的自己，那些企图透过说话来与对方亲近的时刻，时常并无法带来真正的亲密。我记得某一次恋爱关系里，也是电话讲得很勤，在那几乎令人无法喘息的密集话语里，我大概听了二十分钟，似乎都是对方愤怒地表达什么，我很焦急，只是在等着某个空档，希望“换我说一下”，抱怨生活里诸多不顺。

是啊，何时开始，恋人变成我们的垃圾桶？为什么在应该沟通的时刻里，我们都急着想要诉苦，且渴望寻求安慰。

在阿早身边，我慢慢学到，“说话不是演讲”，不是自己有什么想说不可，就要一股脑地说出来。你说了话，也不代表对方一定要听，他听了，也未必要有回应，即使有回应，也不见得就是安慰。

我深刻体会到，会让人想闭耳不听的，若不是对不特定人事物的抱怨，就是对于对方的抱怨或要求，甚至更曲折的，是把对对方的期待与要求包裹在对其他事物的评价里。这样的话语，最容易导致对方情绪上的反弹，甚至，谈话会突然变成“诉苦大会”，当你说着“我最近工作压力好大”，他会说“我加班累死了”；当你说“我心情有点低落”，他会回答“我每天都失眠”“我肩膀酸”“我胃才痛勒”……然后诉苦变吵架。

你问我：但精神上的支持是我要求情人基本的条件。该怎么办？

你也可能会问：不谈话，怎么沟通？怎么能够有深度的交流？

我想说，不是不能讲话，也不是不能诉说，是“诉说”不是“诉苦”，是“叙述”而不是“抱怨”。任何对情人的要求都会反弹成为关系的挫折，恋人之间的话语，是基于爱与理解，而不是某人必须扮演另一个人的安慰者。

那该怎么说话呢?

还是可以自然地说出想说的，但不要带着“说完他就会安慰我了”的心态,也不要有“爱我就听我说”理所当然,更不要心存“我想说话的时候你就得听”的念头。倘若对方反应冷淡，不要觉得愤怒，若发现对方开始诉苦，我们可能就要思考自己是否正在诉苦，而不是在“诉说”。

恋人的反应往往直接显示我们当下的样子，你咄咄逼人，他就反唇相讥，你步步进逼，他就后退想逃，你歇斯底里，他就会勃然大怒。

恋人的话语，可能更应该是像最初恋爱时那样，我们说着自己的故事，但也急切地想要了解对方，我们对这个刚认识的人，没有什么要求，只希望与他四目相望，只希望看见那些我们不曾参与过的往事。

想说话就说,但不要为了发泄情绪而说,最好的谈话都是“对话”，是“交谈”，而非单方面的“倾诉”。但你需要倾诉，若对方有兴趣听，就说仔细些，对方感觉无趣，就渐渐收住话题。需要安慰时，可以明明白白地，直接对他表述，“现在状况不太好，是因为发生什么什么，可能跟你说完之后我感觉会好一点，但我还是会自己镇定下来”，当我们不把情绪的责任推到对方身上，让他还原成一个“听者”，他就会比较有能力聆听。恋人间的对话就会变成对关系有益的交谈。可以真正说出内心感受，可以进行思辨，因为没有要依赖谁，反而可以互相支持。

人生的问题，生命的困惑，生活的遭遇，总是自己的责任，要自己扛起来，这是任何时刻都不变的。能肩负起自己生命责任的人，更能够深刻地与人对话。

适当的安静，是另一种形式的沟通，我们可以不再拘泥于言词的意义，受困于被描述或被定义出来的，而能专注观察发生的事物，进而体会自己与对方的感受。

我现在还是很喜欢说话，但我会跟许多人说，我有朋友，有姐妹，有老师，还有读者，我正在写小说，还可以写脸书。人生的重量不要压在你所爱的人一个人身上，尽量不在最激动的时刻说，说完就放开。

我还是那个疯疯癫癫、傻里傻气的人，也还是常常抓着阿早说这说那，但我知道何时该让阿早休息，我知道说什么会使他困乏，我更知道，适当的安静，会让他更有意愿交谈。奇妙的是，很多话你会发现其实不需要急着说出口，等到不那么需要时，你说出来的话语变得精简，经过沉淀，你与恋人的对话也更接近“沟通”了，因为不再有情绪与要求作祟，我们可以天南地北，说着彼此感兴趣的话题。

而不说也可以。不妨碍我们相爱。

而当静默的时刻到来，你什么也不焦虑，你可以静静等待，某个时刻，彼此都从专注的事物里抬头，说了一句什么，好像是最日常的话，然后，有一句没一句地，开始对话。

合适

年轻时浪荡，生活像是没有尽头的追逐，痛苦也像是无止尽的，那是一种自由带来的痛苦，仿佛什么都可以追求，却什么都不重要，除了写作，我无法确定任何事，我只能一路将手中拥有的人事物甩开，仿佛什么都是对我的束缚。我也曾感受到生命的重量，爱情的强度，但奇怪那时就是没有能力将任何一段感情维持下去，有天阿早对我说，“你现在可以跟任何人在一起了吧？”“但我只想跟你在一起啊！”我说。

结束这段对话时我觉得震惊与快慰，我以为我的生命只有“我跟谁都不适合”这种独白，没想到我其实可以选择，我有能力继续“我想要的关系”。

当然这一定是阿早的功劳。

但我想，过往每一段半途而废，提早下车，无故中断，或无疾而终的恋情，那些伤心欲绝，气急败坏，茫然无措，或如雷电当头劈下，要许久之后才有能力回想的恋爱，所带给我们的，一定不是只有“灰心”、“失落”或“绝望”、“没有安全感”。我是个小说家，且让我用写作来比喻，那些都像自己辛苦努力写成的作品，自有它的生命，身为作者的我们，其实都留下了无法抹灭、也不可能取消的东西。除了伤害，与痛苦的记忆，除非我们总是重蹈覆辙，总是不严肃地自省，总是轻易地让习惯与惰性引导，否则我们应当会从那一次又一次的挫折里,学习到更多进入下一次的关键。

“除了爱人的时刻，无法感觉自己存在。”A 来信给我，他说，每当爱情失去时，总觉得自己一无所有。我想我可以理解那样的悲痛，但我也想到，我们生来确实一无所有，确实也是在爱人的过程里体会到自己的存在，但那些发生过的事，绝不只有结束的时刻那个版本，过程里的每个细节、转折，都细腻非常，从一段恋爱里穿过，我们已经不是原来那个人了，但什么也不可能把我们全部拆毁,总会有什么留下来的。留下的无论是快乐或痛苦（或两者兼有）的记忆，那个被留下的我，单独一人，心脏仿佛被利刃穿透，觉得孤独想死。

那些痛苦都是真实的，但要耐心等待，等待答案浮现，只要我们没被那些痛苦杀死，我们就会比以往更强大一些。

“如果下次又那样怎么办？”A 问。

快乐的时候担忧,悲伤时也担忧,三年五年,快乐仿佛总有期限。

要拥有谁都无法夺去的坚强事物，要从内心深处真正地，像眷爱着情人那样，学习爱护自己，要让每一次的恋爱都是一个完满自足的过程。我们并非为了空虚而爱，并不是因为我们不知如何爱自己所以转而去爱他人，不要一股脑地随心所欲去爱，不要像要把体内全然掏空那样一厢情愿地付出。与我们相恋的对象，是一道同行的伴侣，无论相伴时间长短，要期许自己不是盲目地走过，所以不会茫然地离开。

关于爱与相处，我知道得还很少，但我已经不是全然无知了，至少我知道，这世上不存在着某一个为了我而生的情人，没有谁是为我量身打造的。所谓的白头到老，携手终身，仍是一天一天艰难的学习，我们不知道终点在何处，是否会戛然而止。但我可以把握我自己，我不会再因为软弱而逃避，我不会为爱迷失自己，我不要让爱变成恨。我要爱他以我所知道最合适于他、且不扭曲我自己的方式，我会尽力找到那方式，且努力地坚持它。我从无法爱人，变成可以爱许多人，但我只选择与他为终身伴侣，因为这功课太难，需要全身心地投入。无论最后如何，我不会让自己一无所有，因为那过程里每个发生，都将真正地、充分地改变我，并且成为我生命里真实的血肉。

为什么我可以从“我跟谁都不合适”变成“我知道我有能力选择”，我静静想着，我想，是因为我那份恋爱的心，真正已经爱到了我自己，那是扎扎实实的感受，我是那么喜爱自己，以至于我也可以真诚地喜爱他人。

我要紧握着这信念，像紧握着他的手，穿过每一个春夏秋冬。

不安全感

年轻时不认识自己的不安全感，只以为那表示我爱得深，那是爱情必然带来的痛苦，因为是痛苦，就想躲避。当时交往的对象风流多情，我以为我只要可以比他更“多情”，就能够全身而退，好强的我不想问对方“爱不爱我”，我不愿说出“我觉得很不安”。我深知我需要他多过他需要我，我在乎他多过他在乎我，我在他身上寻找所有自己缺乏的特质：自信、力量、丰富的阅历，我不自觉将他当作生活全部重心，我在乎他的一举一动，他像太阳闪亮，特别映照出我的渺小，在两人的关系里我患得患失，我还不懂得爱情里最需要的是自己的独立，我苦苦思索，只想找到让自己好过的方法。后来有旁人追求我，我赫然发现处在竞争关系里，他变得比较在乎我，我以为如果我也能让他不安，他就会一直注意我。

此后，种下了我无法在感情里专心的祸根，看起来也风流多情的我，看似胆大妄为，其实骨子里是个懦夫，我不敢专心投入在一段感情里，一旦发现自己过于专注，我就会想办法让自己“分心”。我害怕失去，害怕处于弱势，害怕对方展露出对我失望的样子，太多害怕使我分辨不了自己真正所爱。所有逃避的方式，都让我的感情越来越混乱，我以为可以用分心来转移不安，却又种下更多不安，演变成内心深处一个严重的缺失，我不敢认真去爱，以至于变得无能去爱。乍看之下，我总是处在爱情的强势状态，我是那个一定会先离开的人，而这些状态没有让我真的变强，只是让我在该专心时没有专心，该离开时没有离开，该坚持时没有坚持。十多年的时光，陷入一场又一场精疲力竭的爱欲纠缠。很多人爱我，却无法让我对自己更有信心，无法相信爱情，没有能力维持一段安稳的关系，不快乐也不自由。

谈过很多恋爱，却在四十岁之后才真正开始学习爱，那是将自己连根拔起的过程，所有恐惧、不安、积习，所有我擅长的“求生手段”全都必须放弃，面对赤裸而脆弱的自己。奇怪啊一个人经过那么多看似强烈的爱情，却无法令自己多爱自己一些，长久以来我饮鸩止渴，将毒药当作解药，需要强力戒断。

我一点一点学起，才知道倘若不填补自己的破损，不治愈自己的创伤，不设法宽慰自己经历的伤痛，不找到可以让自己坚强的方法，只想靠着爱情得救，想靠着逃避解脱，这些爱、善意、美好，反过来都变成令自己恐惧的来源；因为拥有就害怕失去，经历过爱的美好，反而更畏惧失去后的孤寂，体验过他人眼中的温柔，更担心失去这份关注。“不安全感”，简单四个字，反映的是自己内心所有问题。

我够好吗？够美吗？我值得爱吗？我可以拥有幸福吗？这份爱是真的属于我的吗？

这么美好的人会一直属于我吗？

他人的美好、关注、热爱，到底可以为我带来什么改变，拥有了这些，我就会快乐吗？如果因为这样而快乐，那失去之后该怎么办？

“不安全感”像是从他人身上映照出的月光，照出的是我身上尚未长齐长好的自信，我还不知如何衡量自己的价值，也还没有真确地理解爱情的真谛。

然而“安全感”这种事，是越怕越没有，越小心翼翼越加速流失的，得找到那个不断漏失的缺口，找到自信缺乏的源头，不能只是拿个塞子盖上去，用爱情止痛疗伤。

分心无法减少你的不安，花心也没办法降低你受伤的几率，反复验证对方的感情以求安心可能让对方更想逃离。处理不安，正如处理所有生命里的问题，自己的问题得自己面对，总是让你不放心的对象，只能认真思考“为何选择了他⋯ 她”，倘若是过去经验带来“一朝被蛇咬”的疑惧，要知道不是每个人、每段关系都会有相同的发展，过去的经验让我们的彻悟应该是“人生无常”，而不是“看到什么都怕”。若是那种没来由的，不知何故总是使你惴惴不安的“对于幸福的疑虑”，“一旦把心交出去就可能会受到伤害”的恐惧，那么更该重新衡量爱的意义。

爱情里的信任并不是“什么都信”“相信他永远不会欺骗我”“爱是永恒”，而是学习在亲密的过程里，建立起自己的判断力，学习面对一个人的优点缺点、并理解人的限制，透过两人亲密的互动认识到“爱的心意可以是无限的”，但“爱的能力却有其限制”。我们只能相信对方的善意，当发生感情的变故时，不将之视为绝对的伤害，在面对挫折、失落、欺骗、伤害时，不会全面被击倒。会伤害人的都是“情绪”与“认知”，对方的“变心”“出轨”“外遇”“谎言”等，更多是为了“自私”，而不是“故意给我们伤害”，因为爱情不是依靠，情人更不是救星，倘若你自觉地知道所有的关系都存在着风险（生老病死，爱恨别离），应该在相爱、还可以相处时努力珍惜，借由两人的亲密互动学习独立，而一旦各种原因分别的时刻来临，你要知道自己不会“一无所有”，爱情只是充实你生命的方式，不是人生全部，爱情的意外伤害了你对爱情的信心，但无法抹煞爱情存在过的意义。

多年后的我，我的不安减少了，少到几乎察觉不到，我想是因为我不会再用“有一个人如何爱我”来定义自己的价值，我不再把“对方的喜怒哀乐”当作是我生命所有的风景。我慢慢建立起自己的世界，除了与伴侣共有的生活，还有属于我自己的，事业、朋友、喜好，不会因为失去爱情就失去所有；更重要的是，我慢慢拥有爱的能力，并且懂得选择有能力去爱人、能够承担爱的责任的对象。恋爱于我不再是“碰运气”，也不再仅是“不能自已的冲动”，我可以专心去爱，不再需要用分心、转移注意来避免伤害，我可以专心去爱，而不是掏空自己，越爱越怕。唯有真正专注投入一段关系之中，才得以在每一次的问题里，慢慢修补自己，使自己完整。

内心戏

昨天因为买晚餐的小事跟阿早吵了起来，是近年来平静生活里难得的争吵。

等我恢复理智时，只觉得自己的内心戏演得太厉害，都不知演到哪一出了，弄得身体不适的阿早还要费心跟我讲道理，反复解释疲惫不堪。前因后果要是说给大家听，朋友们肯定也要觉得是我胡闹。

恋人之间的阴错阳差，有时显现的并不只是谁对谁错，谁无理，谁任性，更多时候我们会在自己看似迷途的言语举措里，发现自己的盲点，甚至是旧伤，看见自己费心隐藏的缺陷，以及走不出的迷障。

我个人的问题，一直都是在于“无法表达自己的意见”。只要身处关系中，越是亲密的关系，越是在乎对方，就越变得怯懦，看起来好像谁欺负了我似的，可是我心知肚明，因为害怕冲突，因为总想当好人，因为不愿意被对方发现自己的某些想法，有时我说话总是迂回，尤其是需要做决定的事，比如去哪吃饭、吃些什么，只要是关于两个人的决定，我总是说："你决定就好"，想要当一个好相处的人，希望让对方快乐，或许也还有其他缘故，表面上唯唯诺诺，内心却有隐忍与委屈，对亲密关系是一大伤害。

话说从头，我们总会从自己的成长背景里找原因，父亲太凶，母亲习惯看父亲脸色。这种说法四十岁之前还管用，可我已经四十五岁，还拿原生家庭、童年的事来当理由，"我又不是你爸爸""我也不是你妈妈""恋人关系不是亲子关系",更加惹人生气。即使我们都知道，我们最新学习亲密关系都是从与父母的关系而来的，从小建立的"权力关系"与"应对方式"一旦没有清楚地意识，就很难拔除，反而容易复制到恋人关系里。

年轻时做过一些叛逆的事，看来离经叛道、颇有主见似的，但那都是我个人的部分，只要涉及亲密的人，无论家人、朋友、恋人，那个叛逆或有主见的我马上消失不见，取而代之的，是一个我自己也无法掌握与理解的"烂好人"。所谓烂好人不一定都做对的事，为了使场面好看，为了避免冲突、纷争，甚至为了不让对方难堪、生气或一大堆我自己也不解的缘由，总之，我把自己隐藏起来了，但那个被隐藏的我，时常回过头来咬我一口，于是,在不该叛逆的时候我才叛逆,我的主见只能发作在"变心""外遇""分手"之上，弄得无法挽回。

我这种个性，也使得恋人经常无法正确理解我，甚至用错误的方式对待我，日复一日，造成彼此的隔阂，甚至我的逃避、转向，最后只得投奔他人怀抱。

但跟阿早的关系里，我不想重蹈覆辙。我必须努力改变过去的习气。

老师常说，要“爱之以德”，这句话看来抽象，也是我一直最难理解的，但是放在任何问题上都适用，首先要将自己与恋人都视为“成熟独立的个体”，彼此间追求的是“自由”“自主”的关系，既是成熟独立的个体，每个人都必须为自己的选择负责，我们要做的就是不给对方错觉，也不制造“感情勒索”“控制”，不以“我这样那样都是为你好”为借口，也不要预设立场，真正为对方好的做法，是做出不让对方有幻觉、幻想，不使他变得依赖（工具人与公主病是最好的例子），不以过度地讨好、委曲求全陷人于不义，也不以“万事服从”“什么都为你着想”来诱惑他人，这些容易制造对方误解、造成依赖，甚至形成控制的举措，都是看似好意，实则对关系有伤的。唯有将对方视为成熟独立的个体，自己也才有机会表达成熟与独立，才有可能进而发展成对等、独立、自由的关系。爱之以德是，做对彼此好的事，增进理解绝对是比制造误解更好的决定。别低估了对方的智慧与能力，也别错估自己，只有正确地表达，才能达到正确地相互沟通，那些刻意为之的“随和”“什么都好”“都听你的”，看似为他人好，实则是自己逃避负起责任。也躲避面对沟通。

说来有理，做起来却困难。

该怎么正确表达所思所想？该如何不将对方看作“过去经验里某某人的再现”，如何能好好面对“反对”“挫折”“拒绝”“失望”，如何在自私与自我之间找到一种合宜的表达，在做决定的时候，如何厘清轻重缓急，如何适切表达自己的需要，学习与最亲近的人协调、折冲，并且无论最后决定是什么，都不因此伤感情。我常想，像我这样怕冲突的人，可能是因为好胜、自尊心太强，看似唯唯诺诺，却是最没办法接受拒绝，也不懂得退让的（因为自尊心强反照的是自信不足，非常容易恼羞成怒）；当双方进入“讨论”时，往往一下子爆冲，反而说出自我中心、甚至无理的话，因为没有好好学习如何沟通，如何表达自己，如何理解他人，只在内心戏里自以为地“为他人着想”，不但是怯懦，更是一种摆明了不想沟通（也不会沟通）的态度。“我什么都让你”，实则是以退为进，以为这样对方也会替你着想，只要发现对方没这么做，反而容易失望与发怒。

有时我们看见的恋人，竟不是眼前人，而是我们心上出现的“幻影”，这幻影由幻觉所生，而幻觉来自过往的经验反射、由自己内心的欲望与恐惧倒影，可能已经与本人相差甚远，正如我们说出口的话语，经过包装、美化、柔化，经过这样那样的“变形”，也已经难以表达我们正确的意思。恋人之所以需要大量的时间，长期、长久地相处，就是为了可以靠着更多的时间累积，有机会穿透“过往”的余毒，真正传达彼此的心意，那不仅是“爱”“喜欢”“迷恋”，而更多时刻，是透过互动、相处、对待，看见自己的恐惧、欲望、忧虑、迷惘有机会突破这些情绪的障碍、过往的阴影，进一步有能力去理解对方，达到真诚的互动。

分析起来我总觉得自己都懂，但这是独处的时候，没有他人的反应当镜子，我还看不见自己的问题，我只能期盼透过一次次的争吵，真正听懂阿早所说的，可以分辨什么是意见的传达，什么是辩论，什么是讨论，什么是反对，什么是拒绝，什么是沟通；他需要什么，不需要什么，我想要什么，怎么做，怎么表达。

而无论横陈于我们之间的是什么，都相信这背后有善意，这份善意绝不是要我隐忍自己，不是要我曲意奉承，百般讨好，而造成自己的委屈，这些都是没必要的，我们之间经过几年相处，早就该理解对方，但我有时理解，有时不解，并非因为他没有表达清楚，而是因为我还不够信任，不够自信，我还会被心中的噪音干扰。

内心戏并非都是不好的，有时，它是我们的良伴，可以在独处时作为自己的反省、慎思以及情绪的缓冲，然而内心戏只宜在独处时上演（用在创作上也很好），回到两人相处，无论是何种亲密关系，最好把内心戏关掉，也让内心的噪音止息，恋人本身就是我们要倾听、聆听并且设法听懂的，更何况我们还得听懂自己，然后说出真正想说的话。

恋人之间所有的沟通都不会白费，但我们必须有勇气承接、面对、理解、厘清，即便是看来像是争吵的话语，用正确的方式聆听，也是有助于相爱的。

冷战

不要跟自己爱的人怄气，不要与他冷战，倘若心中有情绪无法立刻与他交谈，或因为不愿意吵架而选择冷静，还是要找个方式表达自己的状态，写纸条、传信息，或是在平时彼此状况都好的时候就要定下规矩，让他知道“我现在状况不好，需要一些时间，然而我并没有讨厌你，这些只是个人的情绪”，而在这段冷静的时间，即使无法交谈，也要尽可能表达善意（即使你非常想要让对方知道你很愤怒），而非持续地愤怒，或刻意地无视。那些让人生气、愤怒的委屈，要设法化为理性的语言与对方沟通，即使需要时间，那也是两个人才能一起做到的事。况且很多时候，那些可能都是误解。

谁也不知道，在这些冷战的时刻，会发生什么事，爱不是必然的，爱人并不会永远一定都会等在那儿，等你气消，等你情绪变好，爱禁不起一再地冰冻，爱会受伤，爱人也会灰心。

在爱情里不需要斗气、认输，或者抢赢，能够持续表达爱，即使在气恼中还是有能力处理问题，使得彼此少受一点罪，甚至有能力扭转问题，将争执化为沟通的契机，这是一种爱的能力。

给自己时间，给对方时间，并且练习让生气的时间越来越短，让自己即使在情绪中也有办法用理性表达意见，不是低头示弱，只是为了让关系继续运转，无论用什么方式，让他知道："你那样做我很受伤""我觉得不舒服""我想我们之间有些需要讨论的""我现在有情绪"……。

可是无论如何，我想沟通，我期望我们变好，我的冷淡只是一种方式，我会回来的。

抱怨 I

作为情人或伴侣，时常面对的难题就是对方的“抱怨”，这些抱怨有的来自工作、人际、家庭。

情人为何要向我们抱怨那些“我们根本见不到、不认识、也无力改变”的人事物呢？同事欺负，老板刁难，客户讨厌，还有众多难以分类的生活上的麻烦，有些情人连找不到停车位都会抱怨半天，甚至大发雷霆，该如何看待？怎么自处？

我想，这些抱怨都是个人问题，但既然把球丢给我们，也必须回应，可是大多数的抱怨，都只是情绪宣泄，聆听即可，虽然不该把生活里的垃圾丢给最亲的人，但我们总是这么做，也似乎只会这样做，在外面受了气，敢怒不敢言，只能回家发作。

有时听了同仇敌忾啊，“告发他！”“跟他拼了！”“这种烂公司，干脆辞掉算了！”这种同仇敌忾只存当下，语气应尽量缓和，只是一种感情上的支持，表示“我知道你受气了，我支持你”，事后对方没辞职，没告发，甚至还跟那人表现友好，可别太惊讶，也不要逼迫他——“那你下次就不要抱怨。”人生各有各的难，作情人的我们只应聆听，或许给些建议，但还是靠他自己解决。

“如果不想改变，干吗每天抱怨，听了很累，觉得很孬，好像连我都被欺负了”“每天回家好像都只有讨厌的事可以听，真的很辛苦”，对啊，这是相处上的难题，可能也是抱怨者与聆听者需要的智慧（因为角色也可能会互换），比如两人说好，一天可以倒情绪垃圾“五分钟”，倒完之后，看是要理性地讨论“有没有改善的办法”，或者就把情绪放在一旁，去做其他事，总之，这些从外在环境而来的情绪，尽量不要因为听了之后反应过激变成了“下次别讲给我听”“讲了有什么用”“给你建议你也不会做”“你又不支持我”“你根本不理解我的压力”，然后两人争吵起来。

一个人紧张，另一个人就放松，一人抱怨，另一人就当作是参与他工作上的一部分，因为没有亲眼所见，也不妄下判断，只要表示“我挺你”的基本立场，是非对错、如何选择，那是后话了，得从长计议。

至于状况不好时常抱怨的那方，也别因为伴侣的情绪而变得退缩，反而什么都不敢说，造成两人的疏离，而是要鼓励自己从抱怨慢慢演进成“陈述”，除了负面的事，也要与对方分享工作上的收获，并且陈述些生活里愉快的事物，让对方知道你的工作或交友也有“美善”的一面。谁都不愿意只是承担“情绪”而没有任何收获，两人的相处是互动，彼此倾听，彼此支持，也要彼此给予，没有什么事是理所当然的，自己抱怨完，要谢谢对方：“跟你说完好多了，我会仔细想想”“谢谢你当我的垃圾桶，我会思考的”“可以有个信任的人一起讨论真好，谢谢你”。

我们在美好的事物中成长，也会在令人不快的事物中学习，情人与我们近身相处，最常接收到我们负面的情绪，而生命中有个这样的人，并非是必然的。抱怨前，抱怨后，即使他意见与你不同，即使说完可能会有罪恶感，但，重要的是，我们是否透过这次的相处，又学习到什么，能够通过抱怨，多理解自己，也让对方理解你。

有些话该认真听，但应当听完就要情绪放空，让他自己做选择，情人的抱怨不会坏了你的心情，改变你对他的感情，因为这是情绪，都是一时的，这是聆听者的能力。

谈谈爱情，也让爱情有机会帮忙消化生活里的残渣吧！

抱怨Ⅱ

最初时刻，恋人之间你侬我侬，不管说什么都好听，在对方热切的目光与悉心的聆听里，感觉自己好像变成了一个新的人。

相处日久，无论同居与否，见面的时刻不再只有浪漫，彼此也不再只是个美丽的幻影，生活里点点滴滴渗透进你们的相处中，认真的对话变少了，开口说话，似乎总是在抱怨。

什么时候开始，恋人变成了“专属的”垃圾桶。不认真聆听就是不爱我，提出建议就是“你不了解我的为难”，建议失效了就被责怪“早就知道跟你讲也没用”。“好了吧你看，好好的气氛都破坏了！”

许多工作上、生活上的抱怨，都是来自于职场或人际关系上的问题，这些与“其他人”的问题不是恋人可以帮忙改善的。无论是抱怨的一方，或是聆听的一方，都要先能认知“抱怨”只是我们对于亲近的人一种表述方式，抒发情绪、表达困境、甚至寻求帮助，因为够亲近，无法呈现给他人看的部分，只能倾倒给他。但生活里充满了无法解决的抱怨，确实会影响感情，抱怨的人烦，聆听的人心乱，当人们在诉说不愉快的事，特别容易感到“你是不是觉得我很烦”“讲这个你一定没兴趣”“说不定你觉得都是因为我难相处”，疑心重重，导致对方一个不够好的响应都可能使你抓狂，把怒气转移到他身上。

然而，要牢记，没有人应该会你做什么，有义务要为你承担所有一切，当你数落着对方根本没见过的人、没参与的事，对方真的很难做出公允的判断，更何况人们的抱怨时发泄情绪为多，真要认真跟他讨论、建议、提出改善的方法，“这些难道我不知道吗？”一句话就会顶回去。

通常，可以改善的事，不会用抱怨的方式表达，想要商量的事，也不会用抱怨来呈现。抱怨是生活里的恶气、委屈、无奈，以及自己也不清楚的无能为力造成的“产物”，最理想的状态是在彼此心情都好的时候，设定一个“抱怨时间”，可以以半小时为限，在这个时刻里，尽情地抒发，就像打沙包一样；听的人呢，左耳进右耳出，不要放在心上，别觉得“每次都抱怨一样的”“给你建议你也不会听”“都没改变”，这是抱怨时间，陪伴就是支持，不评价。

之后，再询问对方，“需要建议吗？有什么我帮得上忙得吗？”他表达需要，你才给建议，如果自己感觉无法给予正确的建议，也可以一起去寻求协助，找朋友，找咨商，或者查数据，问题一定有可以解决的方向，只是这未必是恋人的“专业”。时常抱怨的人，也要感谢有人愿意耐心聆听你的抱怨，被倒垃圾是很辛苦的事，尤其亲近的人，往往也会因此情绪波动，甚至忐忑不安。当发现自己处在经常抱怨的状态，可能需要重新审视生活发生什么问题，到底对方可以给予我们什么帮助，什么是对方没办法、也没必要为我们承担的。要解开纠缠的问题源头，只能靠自己。但你知道你有帮手，恋人可以给予协助，真正要去改变的人是你自己。爱一个人，不是什么都丢给她，也不需什么都为他担起来，我始终认为，要用正确的方式爱人，不是什么都照单全收。需要明辨的是，如何做才是正确的方式，这就得在相处中更深地认识、理解对方，也理解自己，需要在一次一次的沟通、陪伴、讨论甚至是经历考验时，累积出信任，并且知道彼此的能力与局限。

爱情是两人一同在困难重重的世界里摸索前进，爱情是同甘共苦却不觉得理所当然，爱情是你知道他处在低潮需要帮助，尽力帮助之余也要分辨自己能力的极限，不去压榨自己。在关系尚未演化成恶性循环之前，学习在相处之中，带进更多的“讨论”，以及一起处理困难的“经验”，试着让恋人成为你的益友，而你也要成为他的知己。

爱情是，我愿意为你付出，我是支持你的，但希望我所做的不只是承担情绪，而是与你一起成长。

协调

与阿早一起的生活日日充满试炼，我们喜好不同，消遣各异，工作时间与性质更是差异很大，起初冲突不断，甚至也产生过“我们就是那种相爱容易相处难的恋人”的念头。经过多年相处，我们发展出自己的相处之道，看来日日相伴，但很多时候我们都是各做各的事，不同时间各自上床睡觉，亲密中依然保持着彼此的空间。

刚同居时，为了几点睡觉，调整了好久，不知那时哪来的奇怪想法，好像到了夜里就得一起去睡觉（我因为入睡困难，总以为我睡着后他进房会吵醒我，心里很焦虑），那时他下班晚，要休息好久才能放松入睡，我就会等啊等的，一边担心熬夜了，也催得阿早心乱。几经调整，我决定自己先睡，晚上我的睡觉时间到了，就自己带着书本进房间，用自己习惯的仪式，听音乐、看书，很像以前一个人独居时那样，阿早究竟几点进房间，何时入睡，我也不清楚。我是生活样样照规矩的人，而他则随性许多，这么一来，两个人的睡眠都回到自己喜欢的状态，也不感觉疏离，后来阿早说：“你睡得跟猪仔一样，我进房间吹头发你也没醒。”原来以前是我多虑了，一起入睡虽然浪漫却绝非必然、各自在最适合自己的时间睡觉，彼此都好。

吃饭的事也是一样，早餐是生活里最固定会一起做的事，但遇上阿早有课，也是各自吃了，其他日子里，早一点起床，就可以在家好好吃一顿早餐，那时经过一夜休息，反而可以好好谈话，若无特别想说的话，各自看书，静静相陪。

阿早少吃午餐，我多半自己吃，有时帮他买点食物回来。晚餐我吃得早（我是属于白天吃很多、晚上少吃的进食方式，非常规律），若一个人吃，大约五点半就吃完了，为了一起吃晚餐的事，也调整了许久。阿早下班到家时多半已经七点，若我想跟他一起吃，我下午就先吃个小点心，若实在饿得慌，或者今天不想吃两顿晚餐，就各自晚餐了，完全自由选择，不勉强。放假时阿早若想做晚餐，我就自己调整一下用餐时间，也不催促他，让他依自己的时间表，做想做的食物。

这种“各自睡觉”“各自吃饭”的共识，其中仍包含很多相处的诀窍，重点都在于“不要忍耐”“也不让自己委屈”“别以为对方应该要为自己做什么”“完全出于主动、自由的选择”。在这些选择之中，当然也包含了想要“相处”“在一起”的选项，靠的不是要求，而是调整，看用什么方式不勉强地把自己跟对方的选项调整在一起，重点在于“有弹性”，而这份弹性来自于彼此之间的信任跟理解。

我是跟阿早在一起第七年了，才发现自己过去那种习惯勉强自己配合别人、或者暴走起来就觉得“谁都不适合我干脆一个人算了”的孤僻，摇摆在两者之间的极端状态，慢慢地解除了，原来我也是可以靠着种种方法，让自己既不落入绝对的孤独，也不失去全部的自由，那些相处的方法与诀窍，不是什么技巧，而是慢慢地学会信任。这种信任是“好好把自己心里的感受说出来对方可以理解的”，以及“当对方在表达自己的意见时，不要急着抗拒、争辩、或者胡乱想成他一定觉得我哪里不好”，这种信任是靠着一次又一次的误解、沟通、放下成见，“原来他是这个意思”，“说不要真的不会影响到感情”，慢慢学习而来。除了这样累积的信任，还要培养出正确表达自己的勇气，以及接受拒绝的能力，“信任”“勇气”“能力”这些看起来好像跟爱完全无关的事，实际上却是对爱最大的考验，我们总是要经过很多挫败的经验，才真正理解，自己对爱的需求、渴望是那么强烈，但现实中却很少学习如何去爱，用什么方式爱，以及如何在爱情中成长。

我想现在的我大概只学到小学的程度吧，我依然要在每天的相处里，慢慢戒除长久以来累积的坏习惯（依赖、盲从、怯懦、多疑），透过每天大小生活琐事的磨合，一次一次看到自己以为的自己，在亲密的人面前时，时常不小心就会产生的歪斜，还需要多次的调整。

大多数的人面对恋人时，看到的都是对方的不足、不够，看到的是自己期待的与现实的落差，感到失落或不满，却忘了恋人是自己最好的镜子，既能反照出自己，也能映照出你过去累积的伤痕，以及你们的现状。当你不再只是计较着对方为何不怎样怎样，而是想着自己还可以如何如何；当你们彼此的协调不只是妥协、委屈、退让，而是透过亲密关系产生的磨合，是主动且自愿的改变与调整；当它的力量正确时，并不是在磨损你们的爱情，而更像是打磨自己，打磨这份爱，看到关系的困难以及各种可能解决的办法；当你们度过了初期的失落、中期鬼打墙的冲突，慢慢走到“哎呀原来可以这样解决啊”的释然，你发现一份爱真正落实下来，并不是人们说的走进爱情的坟墓，而是带着起伏变化、却有各种可能、且真正会使你生命改变的，爱与关系的力量。

磨合

一年一度“早餐人验收陈雪囤积物品”的时间又到了！（这次好像拖了两年，阿早终于大爆发。）实话是好不容易阿早才放长假，来不及计划什么度假，一放假他就生病了，不明原因头痛了两天，身体稍微好转，他就开始整顿家里了。在这两年里他发现变成储藏室的猫房已经悄悄被我用奇怪的箱子占满，家里大大小小的地方都有超过一定数量的废弃物（或者看起来不废但该废的物品），我对整理家务真是一窍不通，但总以为跟阿早一起生活五年，也学会了许多方法，然而我那些治标不治本的小懒招，还是难逃阿早的法眼。平时我们各自放牛吃草，相安无事，我一直以为自己已经变厉害了，我以为我们对于生活、整理家务、清洁卫生之类的事已经“协调”得很好了,没想到,真的要处理起来，还是有很大的落差。

起初阿早是先整理自己的衣服，他衣物本就很少，但这几年开放对裤子的选择，总算有除了牛仔裤与运动裤以外的裤子，小小一个衣橱，几年下来，也会有已经太破旧、或根本不可能再穿的衣物，通通整理出来，我看他动手整理，也回房间整理我自己的衣物，果然也整理出一大包。第二天，觉得阿早脸色怪怪的，猜想他大概要开始整理猫房了，那一大堆难以归类的东西，一定使他头痛了。说到整理物品，我完全没辙，真的，不是不愿意努力，我想我脑中应该有什么地方已经出故障了，对于分类、收藏之类的，一碰上就会死机，可偏偏我在家的时间多，日用品也大多是我采购的，我有些不好的习惯，比如“金蝉脱壳”——阿早戏称的，就是卫生纸或各种物品买回来，慢慢把里头的东西一一拿出来，最后袋子或箱子会留在原地（后来分析起来还不就是因为偷懒）。

总之，这些那些不管是因为觉得“哎呀那个不重要啦先不要管”或者“我等会一定会拿去丢”或是“放着放着已经忘了到底是什么”还是“我也有我自己的生活方式啊”造就的结果，就是猫房里一箱一箱堆得高高的，要卖的旧书也堆得高高的（有时会倒下来），阿早要开始动手整理了，我就心慌，以为自己已经进步了的幻觉完全破灭。

一整天气氛都很怪，阿早是因为整理旧书该丢该卖搬得很累（还有许多我不明原因使他烦躁的事，但大约都是因为家里乱），而我则是发现自己原来还是那样啊，既恼又羞、又觉得紧张、害怕，也感到两个人生活在一起实在太难了，种种复杂的心情，两人各自做事，不太说话，气氛紧张，恐怕一触即发。

有半天的时间，我心里真是曲折起伏了好几圈，很懊恼自己已经很认真在改变了，但骨子里根本没变，可是又觉得委屈，工作忙啊，家事好多，跟一个人生活时天差地别啊。想到自己最弱的事就要通通摊在他面前了（七年来第几次了呢？）我天性好强，想做的事几乎都会拼命做到，但是，烹饪啦，整理家务啦，真的，进不了我的脑子里，一进去就会化成幼儿园程度，或者自动解体；可偏偏阿早是最爱整洁、简单的人，在那些两个人闷着头不讲话的时光里，我悲伤又气恼地想到跟我生活在一起对他而言是多么大的悲剧啊，可是我到底要怎样才能改变成一个更好的人呢？为什么我喜欢的生活跟他喜欢的生活根本是两件事呢？努力了这么久，为什么好像一下子又打回原形了呢？是不是应该各自生活比较好？

虽然我脑中兀自搬演了一大套家务白痴人妻内心小剧场，但我们没有发生冲突，我也不像一开始时会跟他争辩“为什么不能用我喜欢的方式生活”，因为我知道杂乱也不是我喜欢的生活，我只是找不到正确的方式改善，还有那些自怜自伤的小剧场，是我自己的问题，他并没有说什么，只是安静地在整理东西，我内心要怎么演，得自己负责收拾。

天差地别的两个人为什么选择一起生活，有很多原因，但，一定不是为了来吵架，来争辩谁对谁错，不是为了让一方觉得自己很差，也不是为了证明谁的品位好，谁的能力强。然而，共同生活，必须找出两人都可以接受的生活之道，这是逃避不了的，如果把那些问题搁置，会造成感情上的隔阂，生活上的小事，反而破坏了感情与沟通，甚至造成彼此的怨怼。这些道理我都知道。

傍晚，我自己去吃饭，在公园走了两圈，整理自己的情绪，回到家，阿早已经把书都装箱寄出了，我的心情也平复了许多，我进去房间整理文件，阿早也进来，有一个抽屉放的都是读者寄来的信件、卡片、礼物，我们重新整理一次（很多信件看了还是好感动），都收到一个箱子里，我们一起把我堆放了很多年的剪报、信件、合约，还有好几袋不知情的纸张文件，全部一一拿出来分类、丢弃、要收藏的装进文件夹，终于把几个柜子都清干净了。阿早也轻松地跟我谈话，化解了白天的紧张。

我庆幸自己虽然还没学会收纳整理术，但并没有因为自尊心、挫折感、好强等等心理作用，跟阿早起冲突，也没有逃避面对那些自己造就的“废弃物”。我还是很惊险地发现自己经过这许多年还是容易误解他，还是会因为好强、自卑，没安全感，而在这些事情上往负面的方向去想，差点又造成因为赌气、逃避、或者故意逞强造成的冲突，虽然看似安静了一天（看起来也很像冷战），但，我们还是收拾了各自的情绪，回到一致的方向。

一起生活，就是要让彼此都变好啊，那不是照着谁的步子走，谁全部让步，或者谁完全妥协，就可以达到的。人各有擅长，各有局限，重点是，如何在一个共同生活的领域里，用最好的方式打造出两人都可以接受，能够方便、自在生活的空间。我觉得阿早一直是这么在做的，他虽然不喜欢我的杂乱，但他并没有因为这个原因而讨厌我、嫌弃我，他只是努力在想办法，用什么方式帮助我可以比较简便地理家。我做不到的，他也没有勉强我，但我不能在他做的时候，感到挫折、自卑或者被责怪，这一切都是看法的问题，我只需安静地接受、并且试着在自己可以做到的范围去努力，不知道该怎么做的时候，就要说："请问，有没有什么我帮得上忙的地方？"帮不上忙，也不要赌气或心生疑虑，安静地做自己可以做的事就好。

一个人生活，当然很自由，可以用自己的方式，无须改变自己，然而，相爱与相处，就是通过种种适应与理解的方式，扩大自己的认知，并且经由与另一个人生活的融合，让自己发生变化，这些变化,产生了爱的能力。全然的自我,无法产生与他人融合时，能够达到的那种"亲密感"，也没办法让自己走出自我中心去爱人；一个人生活或两人生活，这些都是选择，无关好坏，但我已经选择了不想只是一个人用自己的方式生活，我希望自己能够去爱，能够与他人亲密，有能力跟爱的人共同生活，而这些除了"整理收纳术"，更需要的实际上是"爱的能力"。

我想，我虽然没有变成家务达人，也要感谢阿早在生活上对我的包容，但我要好好克服自己的心魔，不要让自卑、多疑、不安全感等阴影阻挡了成长的机会，而能在自己爱的人面前示弱、承认自己的不足、愿意面对、并且去理解对方对于自己的用心。磨合不是磨去自我、磨去爱情，而是磨去那些尖锐、那些因疑虑而产生的猜想，以及磨去阻隔在彼此之间的误解，让彼此更加地亲近。

冲突

有时也不知道冲突是怎么开始的，简直像是按错一个按钮，突然就转台，变成你毫不熟悉的剧情，严重时，更像是你脱口而出某个句子，噩梦就降临了。

气氛越来越拧，想扭转情势，却被自己的情绪控制，想要解释清楚，却又被对方的情绪激怒，两人走在路上，却已经不牵手了，你看着他越走越远，想跑着去追，想大叫着从噩梦里醒来，到底怎么了？发生什么事？怎么会吵起来？该怎么收拾？

有些积压的情绪，有些没有恰当说明的疑惑，有些旧事重提，有些是借题发挥，有些你自己的问题需要面对，都搅和在一起了，到底为什么是这晚？此时？此地？到底为什么爱情这么脆弱？五分钟前你们还牵着手刚从餐馆走出来，一起看着公园里的景色，谈论着将来。

会不会将来没有了？你害怕。

我是这么糟的人，他为什么会爱我？

可是如果他爱我，为什么不包容我？

我们真的相爱吗？相爱的人为什么会大骂？

各种思绪互相纠缠，越搅越乱。

你颓然沿着他离去的方向远望，想起那些失落的日子，你气恼自己的口不择言，但又觉得自己也有道理，但没有说好的道理，就像画歪了的线，变成了刺人的刀子。你气恼自己的好强，在爱人面前，到底还有什么必须辩解，他说那不是他的意思，你误解他了，你说句："不好意思，我误解了，当我没说吧！""那前面的话重来一次。"有这么难吗？

完了，完了，这下该怎么挽回？要如何修复？他若不原谅我怎么办？

不知道你们的爱情基础有多深，不知即使在盛怒中，你们是否会想到分手？不知人的情绪对爱情的伤害到底会发作在什么方面？可是你要冷静。现在后悔没有帮助，倔强没有用，要争一口气，更没有意义。

那该做什么呢？

安静下来，把自己的话仔细思量，把对方的话不带情绪地想过，你会发现情人即使争吵，哪有故意想伤害对方呢？不过是自尊心作祟，可能是最近累积的疲惫、压力、无力感想找出口；更可能你想要安慰，他没用对方式安慰，你失望了；可能是你需要帮助，又不懂得如何开口，你期盼他能懂得，但故意说反的话，要人如何去懂？

可能会争吵，可能冷战？可能他会不理你？可能你们需要好几天才有办法恢复正常，这是必要的，不要着急，不要为了急着和好而再激怒对方，不要因为害怕对方不爱你而故意要去刺探他。

夜风凉凉的，是思过的好时机，生活那么难，你一定也经历了好多难以言喻的痛苦，才把个性变得如此别扭，然而，生命是你的，爱情也是你才有能力去努力的，一个夜晚无法就此改变你的性格，但，你还是可以决定让伤害减少，有机会修复关系。

他不说话，就让他安静，你还有委屈想解释，等往后吧，你担心他误解你，可都这样了，辩解对事情有帮助吗？不如想想好的时光，那些你们相互理解的时刻，那都是存款，是基础，是现在赖以为生的营养。安静下来，如常生活，你得先静下来，才不会再度犯错。

为什么都是我的错？为什么我得先低头？

不是这样的。因为我们只能反省自己，修正自己，所以我们是为了成为更好的自己而反思、警醒。不是讨好。

在爱情之中，偶尔会有这样的时刻，不再往伤口撒盐，不挑衅，不因急躁造成更大的误解，都需要信任，信任什么呢？

信任的就是你们爱过的时光，信任这个你深爱的人并不是朝三暮四的人，相信他也正在用他的方式帮助你们渡过难关，信任你这份想要让自己更成熟、更懂得爱人的心意，你是可以自我更新的人，你不害怕付出，不畏惧受伤，信任这一次跌跤，处理得好，对你们都是帮助。

那么就不把冷战当作冷战，不把他的沉默当作讨厌（好吧，他可能真的讨厌了你一个晚上，可那又怎么样呢？），爱情是一种修炼，即使对方不在场，你依然可以继续修习。

勇敢地，冷静地，度过这些相敬如宾的时刻，等到机会来了，也毫不迟疑地对他说："对不起。我不该说那样的话。"简单地道歉，不辩解。他会懂的。

可是伤害需要时间，你得耐心地，再等待，继续等待。

要信任。

在心里记下这一笔，往后，恶言出口前，深呼吸三次，想想你是多么舍不得让他伤心啊！

争执

过往少数几段同居生活，失败的原因都不在相处细节上，可能因为感情危如残烛，忙着处理危机，来不及进入磨合阶段。跟我一起生活过的人，可能因为让我或怕我生气，很少对我有所指责或批评；我虽知道自己处理现实生活的能力极差，但还不知道有那么严重，后来更因为独居久了，即使每日跌跌撞撞，在自己的小行星也运转得颇自得其乐；我更不会知道与其他人生活在一起，需要如此多的折冲、妥协与改变，直到跟阿早结婚。最初，他被我林林总总的日常生活的低能惊吓，我也为了自己竟然如此“无能”感到挫折，每日大小冲突不断，直到现在，在生活细节上，我们天天都还在磨合。

过程里最令我感到困惑或痛苦的，往往是“什么才是对的”“到底应该依照谁的标准”，以及，被指称“这样很不好”时心里难掩的委屈与挫败。

沮丧的时候，我也时常会想“或许他适合一个更贤惠、更会理家的人。”（但阿早内心的感受一定是：不，我要的只是最低标准！）对于自己的杂乱、不善收纳、丢三落四、粗心大意，造成他生活上的困扰，我也有极大的挫折感，更有生活受到拘束、处处碰壁的无助。

这似乎是很难找到平衡的事，一个酷爱整洁、秩序、美感的人，碰上一个粗枝大叶、生活漫不经心的人，一方感觉自己老是在收拾残局，“为什么连最基本的事都没办法注意”，另一方则觉得“我真的已经尽力了啊！”天差地别的两个人，偏偏想要生活在一起，可是生活在一起了，造就的却是彼此的隐忍，这真是爱情里最无奈的处境。

悲伤时我会哀叹：“我已经四十几岁了，改不了了，怎么办？”真的不是不想努力，但有很多事我就是视若无睹，我必须要小心又小心，努力再努力，简直像猴子学把戏一样，反复演练，但时常还是做得不好。

但是我爱他，既不想因此分开，更不愿意总是让他失望。该怎么办？

但心理强壮时，我可以看得明明白白，我能够冷静地想，或许那些看似抱怨、不满，或看起来像是要求的言语，背后透露的，并不是一种“指责”“教训”，而真就是一些无关情绪的“说明”

与“帮助”，他是真心想要帮助我成为一个生活上更好的人，以便我自己的生活里，也可以得心应手。倘若我能够去除自己的“自尊心”“爱面子”“讨厌被指导”，就能更客观地看待阿早想要传达的信息，有时是一种“担心”“焦虑”，有时是因为他的状况也没那么好，无法更有耐心，或者，他也焦躁于老是一直要数落别人，却又没办法睁一只眼闭一只眼，有些习惯真的对他带来困扰，对生活造成不便，他只是想要指出这些，并不是在“骂我”。

倘若我更有力量，我应该向看待自己其他怪癖那样，笑笑说：“对不起嘛！”“下次改进！”“我记住了！”“这样做真的变得比较好！”或者温柔地坚持：“我的房间跟书桌麻烦你假装没看见。”或调侃自己：“你简直是跟一个怪怪大叔住在一起，辛苦你了。”

我能够清楚明白，整齐干净与杂乱无章并不是价值的高下，而是，爱整洁的那个人确实会为杂乱所苦，但杂乱的人却鲜少为整洁所困。于是爱整洁的那人，看起来就像时常在抱怨，杂乱的那人则看起来就像老是犯错。

这样的两者，必然无法共存在同一空间吗？到最后大家真的只能“各住一层楼”或者回到各自“一人的生活”吗？除了忍让、委屈、折冲，一个人老是不满，另一人总是倍感委屈，除了分开住，没有其他办法吗？

我想，这些冲突的背后，透露的可能更多的并不是生活细节的价值观的落差，或彼此真的已经达到“再也不想改变什么了”“我真的累了”的极限，而是，透过这些生活的落差，正在透露出“我对生活感到不满”的信息，而这份不满，可能在于生活、感情、情绪、亲密、工作、人际任何方面。生活如此艰难，伴侣只是我们唯一可以向他表达不满的人。

生命充满无力感，伴侣，是少数我们可以安心要求“可不可以改变一下”的对象。

放大解释，这些对于生活细节的“过度要求”或“过度漫不经心”，代表的都是这个人目前生活的处境。是不是出状况了？这是不是一种求助？

没有谁对、谁错，谁比较优秀、谁做得更好，更不是“应该依照谁的标准生活”，而是，“我们目前的生活是否出了什么问题”，这些信息该如何解读，除了吵架、焦虑、逃走、放弃，我们还有什么办法可以互相帮助？

我们为何要与另一个人生活在一起？我认为，绝对不只是因为想要找个同类、过上某些舒适、习惯的日子；也不是要找个生活道具，让自己仿佛一个人生活那样，过着跟原来一模一样的生活，只是身边有个不吵不闹的伴。成为伴侣的目的，不只是相伴，还包括透过这个“与我们截然不同的人”，得以看见生命的复杂、丰富，透过与另一个“天南地北大不同”的人，发现世界的繁复，以及自己还有什么可能。透过这个伴侣，让我们有机会更大胆一点、勇敢一些，有机会透过这份亲密直视生命的困境，看清自己内心的缺陷，学习表达自己的心声，并且练习如何面对挫折、指责、要求，如何与他人真切地沟通，如何在这些过程不伤害自己，不伤害他人，不落入虚无，也不变得自弃。

这些都非常困难。

正因为这么困难，所以才要爱情这个充满魔力的前提来帮助、支撑；正因为这么困难，所以我们时常会被误导、引诱、走岔路、落入陷阱，甚至走向放弃。

到底是算了吧我们合不来；还是趁早死心，还有机会追寻其他符合自己生命情调、生活起来比较容易的“同道人”；还是在充满挫折的磨合中继续跌跌撞撞地同行？到底应该无拘无束地自己一个人生活，还是无论如何都坚持要找到相处的方法，继续着同居的生活？

我想，还是要交由两个人做决定，而且最后可能一个人就足以做出抉择。

只是，在我与阿早这份看似美好、却又充满挫折的关系里，我们确实是相爱的，还是希望鼓励自己，不是因为害怕孤独，不是为了贪恋陪伴，不是为了软弱依靠。过去与未来，如果我们终将孤独，那么在还有机会的时候，在我们除去争吵时，还喜爱着对方，还感受到彼此的独特，还能从眼前这个人身上，感受到曾经感受过的珍贵，除去那些生活小节的摩擦时，我依然那么喜爱他，我曾经深切理解过他，也还愿意继续理解。我就愿意放下脆弱的自尊，放下那些虚张声势“我就是这样”的宣言，我盼望自己可以从这些那些争执、辩论、不满、摩擦中，解读出关于恋人心中真正的呼唤，那可能往往只是倾听、理解，并且试着不那么容易恼羞成怒，不那么容易剑拔弩张，不过度解读，不立即产生对立情绪，就会产生完全不同的解读。那些，背后都还是恋人的话语。

我盼望自己真的可以更勇敢、无畏、坚强地，面对我们共同生活里出现的差错，以及我个人还可以改善的部分，尽自己最大的努力，为这份生活，做出一些真正的改变。

改变

倒不是觉得过去如烟，不记在账上，但跟以前的情人相处，我从没经历到与跟阿早之间的“艰难”，以前好像都是爱不爱的问题，爱了就拼命爱，不爱了就离开，那爱情总像幻影，像泡沫，定时破灭。

着眼点都在“如何爱下去”“怎样才不会变心爱别人（我或对方）”“下一次不要再逃走”。

我们或许因为一开始就定了盟誓，要尽力到不能够为止，我这人容易用力过猛，大概三个月之后就出现了“被现实冲撞”的无力感。

逆境里爱起来特别强烈，也特别容易激发恋人们的爱，反倒是同居之后的承平时期，心都落定下来了，两人的个性、背景、嗜好、价值、生活习惯，甚至是美学，透过生活里各种事物每日地考验，看起来真像是在消磨爱，那时一直困扰我们的，是“家务”的问题。

以前一个人过日子，能吃饱，有写作，就是好日子，满心满眼只有读书写作，倒也不觉得自己有什么奇怪，跟阿早住一起之后，才知道自己生活乱七八糟啊，是个生活白痴。“被骗了”他老是笑，“没想到是个怪怪老婆婆”，我没有被骗之感，却有种“恍然大悟”，两个截然不同的人住在一起，真是灾难。该怎么办？

谁清猫砂，谁倒垃圾，谁洗碗，谁买菜，谁洗衣服，以及“多久一次”（可指称任何事），“照谁的标准”，我纳闷问阿早，为什么两人住在一起，“家务”变得这么多啊？“因为以前你很少做，”他说。我觉得是因为房子大，两人份的衣服，两人份的垃圾，两人份的灰尘，分配给其中一人操作，当然显得累，但如果住在一起还要你洗你的衣服，我擦我的地板，实行起来又会有浪费资源的问题，虽然我知道也有人真是这样做的。

我是货真价实地上了两年“家务课”，从内心的“轻松一点比较好啦！”“不用那么讲究啊！”到“我就是不会分类啊！”“我喜欢桌子乱乱的啊！”“为什么不可以这样放？”……小口角、大争执，不时上演，曾经让我觉得“阿早应该适合更贤惠些的女孩”，甚至想黯然离开。

吵架的时候，每个人都觉得自己对，都感到委屈，都认为应该改变的是对方，我也曾这么想过，爱是自由，难道我不能拥有“凌乱”的自由？起初我只是虚应故事，做表面文章，希望表现好些，以免造成争执，内心并没有真正接受，也无法说服自己，为何我要用不是我的生活标准过活？

我想，我是慢慢理解阿早为何喜爱整洁、秩序以及东西少少的屋子，以及那样的生活状态，对他有什么重要意义，等我真的理解后，那些生活上的改变，对我来说就不是大问题了，我们总是想要爱的人快乐，愿意花钱送礼物、请大餐，费尽心思设计什么“惊喜”，那大多是因应我们自己的猜想，我们“用自己的方式去爱”，却很少想过对方真正的需要，尤其那需要如果又跟我们自己的需要抵触，我们就视而不见。

我的大原则是写小说，那么拨一点时间把东西放回原位，放一些心思在家务上，并没有抵触我的原则。

我开始一点一点跟阿早学整理家务。

真的理解他之后，发现他也并非不顾虑我，家里的动线都是以两人生活最舒适的方式设计，他要在整洁的屋子里才觉得自在，我也没有非得在脏乱的屋子才感到安心啊……

家，是住在其中的人共同创造的样子，我的适应力强，不怕调整。

我是结婚之后才开始学习爱人的，因为对我来说爱情不再只是“爱”“欲望”“安全感”，还包括一种理解力，一种同情理解他人因此可以自我修正的能力，这需要能力，需要更强的自信，稳定的自尊，以及充分的尊重，我想我终于活到不需要那么多“说不上为什么的意气之争”来证明自己的阶段了，我可以忍受批评，不认为那是对我个人的指责，我愿易调整、可以改变、能够学习，都表示我内在已经变得更充实，不害怕外在的改变影响自我，甚至，我欢迎这些对自我的挑战，那扩大了我的生命的可能。

我们为何为了爱人改变自己？那不是因为讨好，也不是为了避免冲突，甚至也称不上妥协，而是在自己的能力范围，再扩大一点，更主动去付出，做一些“真正对对方有益的事”，那心情不是委屈，也不是纳闷，你很清楚你在做什么，你从一个只专注于自己事物的人，变成了也可以关注他人需要的人；你从只用自己的标准衡量，变得也可以将他人的标准列入其中，你觉得自己变了，但那改变并没有削弱你，反而使你变强。

正确说来，当你放下自我的局限去爱，爱情也就扩大了你所存在的世界。尽管，那看起来只是一些“谁倒垃圾”“谁去洗碗”的问题而已。

相处

二〇〇九年结婚，二〇一〇年底我与早餐人才正式同居，开始共同生活，一起生活后不久，逐渐发现彼此的相异之处真是太多了，花了几年的时间磨合，到了二〇一五年底某次争吵后，我突然“顿悟”了，原来许多眉眉角角，去除自己内心对对方的投射、猜想，这些年我们已经磨出了默契，也培养了一起生活的节奏，我们虽是个性相异的人，却可以微妙地找到平衡，和谐地共处。

我想，最重要的一点是，我们都能在一起相处的时刻，感受到独处的自在，这是经过漫长时间一起琢磨出来的，一个人在看电视时，另一个人可以自在地看书，我们都知道什么时候要压低音量，何时要戴上耳机，有些时候某些声响就像是生活的背景音乐，可以自然地忽略。当一个人需要安静、专注时，另一个人若不是悄悄地到另一个房间去，就是自然地也做起需要安静与专注的事，你会知道开始一个话题时，大概何时需要停止，如果因为太急于分享、没注意到对方的疲惫或有其他事要忙，对方会提醒你“我现在没办法专心听”，或者过后自己发现了赶忙说声“不好意思”，不会因为这样而恼怒。

“需要我陪你去吗？”“要帮忙吗？”“我一个人去就可以了。”“如果你陪我去就太好了。”这些话也能够不害羞地说出来。

我们的生活非常简单，但也够忙碌了，除了各自的工作，都到了身体需要某些程度的“修整”的年纪（当然我的严重些），工作之余，花费很多时间在就诊、复健、运动，有闲暇时，最开心的就是各自去运动，或一起去走路，偶尔我会陪阿早去打球（他去打壁球时，我就到健身房运动），或各自去上课，晚上阿早做一顿健康的晚餐来吃。

既不勉强也不期待对方为你做些什么，凡事不必非得都要两人行动，然而一旦两个人一起，也尽可能让彼此感到自在。生活中最好的状态是，我们都把自己照顾好，也让对方有余裕把心思放在他自己身上，于是真正在共度的时刻，两个人都像是充分伸展开的茶叶，可以独处，也可以相处。

我们既是自己的重心，也可以成为对方的支柱。

倘若我们没有熬过那些困难的磨合期，不可能体验到现在相处的流畅，而现在的流畅，也不意味着永远的平顺。许多事是没有努力尝试过就没有机会体验的，我曾经以为自己是跟谁都相处不来的人，我曾以为平静的生活会扼杀创作，我以为安稳地在一个人身边我会感到窒息，然而这些都是过去经验造成的错觉，当你穿过关系的表层之后，当爱情关系把你身上的硬壳、伪装、防卫都剥落时，当你因为必须深刻理解、陪伴，而打破自己的惯性时，一段长久深入的关系会使你到达自己心灵的深处。因为有许多黑暗角落藏匿在意识褶缝，只有通过关系里的推挤、碰触才可能显露，那可能是一个人苦思冥想也无法经验的。亲密关系不会消灭或损伤自我，良好的关系甚至可以帮助你更深入地看见自己的损伤、从而有机会修复自己。

在场

明天要出国，下周回来，这几天忙着把手边的工作一一完成，工作这回事，有时是越做越多的，再怎么准备也总感觉不够充分。到今天中午，终于可以收拾行李了，倒了垃圾，收衣服、洗衣服，没忘记再三跟馒头叮咛："妈咪这几天不在家，你要乖，半夜不要乱叫。"据说我不在家时，它时常跑到我房门口叫，我平时宠它，夜里它肚子饿总是把我喊起来，因为怕吵到阿早，我只得半夜起来喂它，这是以前三花还在时就养成的坏习惯，真是错误示范。

下周回来后，一定要好好地休息，这一年真是累坏了。

"普通人真的没办法跟你在一起。"昨晚阿早对我说。

"为什么？"我问。

"你看你过的什么生活？哪有人同时做那么多事？忙成这样子。"他说。

"还好吧！我都分配得很好。"我有点心虚地说。

"幸好我很独立，不然早就耐不住寂寞……"他笑答。（耐不住寂寞会怎样？……我很好奇。）

“你很寂寞吗？”我问。

“很寂寞啊！”他无奈地说，“你总是在忙，总是要我等……”

“对不起啊，之前真的太忙了，要改进。”我说。

“要专心生活，认真面对身边的人啊！”阿早说，“这样生活才会给你养分，回应到你的作品里。”他说。

“我现在有进步了吧？我以前都没生活的。”我问。

“你老是心不在焉的，不用心。唉！”他说。

“可是我觉得我进步了，我以前都是在电脑桌前一边打字一边吃早餐。”

“还敢说，现在不盯住你，你也是会把早餐拿到电脑桌吃啊……有时我都还没吃完，你已经把盘子拿走了。”

“我……”他说的是事实，我不敢争辩。

“好好吃饭、好好生活，才可以好好工作。”阿早说，“要好好跟我相处啊，不要做表面功夫。”

“我有做表面功夫吗？我都是真心的。”我辩解。（感觉自己好像那种花心大少在欺骗小姑娘。）

“有啊，都做做样子、虚应故事。”

“那这次回来以后一定改进。”我严肃地说。

“最好是啦，说一百次了……”他又笑了，“幸好我很孤僻，不然怎么受得了你。”

“但是你不在的时候，我会很想你。”他说。

“一眨眼我就回来了。”我说。阿早很少这样子，我觉得心疼，就在沙发边陪着他。“最近比较脆弱。”他说。“啊，我真的太糟糕了啊……该怎么办呢？泡茶？按摩？捶背？刮痧？”我慌忙问。

“不要动来动去，又跑掉就好。”他说。

是啊，就这样安静下来，让时间停在这儿一会吧，好像有很多事必须完成、亟待完成、好像有很多事都是我必须去做、非我不可的，但此时，只有这张沙发，难得对我展现脆弱的阿早，以及在箱子里的馒头，才是我应该关注、应该用心的。我觉得时间像是突然静止了一般，连我都几乎感觉脆弱了，对啊，一份爱的维持多么不易，一个家，一个小小的世界，一份看似稳定的关系，是需要心力维护的。爱人不是港湾，只有你休憩时才停靠；爱情不是避风港，让你忙完累完回来修整自己。不只是这样。爱情正如我一直在努力做着的那些事，有很多片刻，过去就没有了，有许多时光，翻翻翻，很快速地翻过了，爱情就被磨损了。爱要即时，不能总是被耽误。

我们就这样静静靠着，“不要难过，我会陪你的。”我说。声音轻得像是耳语。

我知道阿早不是在怪我，也不是在要求，他只是提醒我，一份爱需要两个人的努力，我不能总是不在场。

我不能总是不在场。

救生衣

part 3　life vest

前任

以前的我不善交友，我所有的好朋友都是我交往过的人，似乎只有与之恋爱过，才可能知心，所有曾经灿烂过、美好过、悲伤过，甚至以激烈方式分手的对象，仿佛因为不可能继续了，都在我生命里留下一个奇特的位置，他们以“好友”的方式继续存在于我的生命里，为孤僻的我，保留着一个友人的名额，一处可以投奔的湾岸。

很长时间里，我未曾深思此事真正的意义，反而视为理所当然，爱过永远不会离开，任我继续在情爱里浮沉，继续一段又一段爱情的逐猎，让他们开玩笑说：“你这里是好人训练班。”我们断续地来往着，看着彼此各自有了新对象，有些时候，四人相见，各有新欢，还觉得我们很独特，有能力跟每个旧情人当朋友。开玩笑说将来婚礼（或丧礼）上，会有一桌特别注明：“前任们”。自鸣得意。

我没想过，维持这些友谊，让我们彼此甚至对方的现任都付出了些代价。

直到后来S的现任女友明白告诉我：不喜欢我的存在，不喜欢“前女友”密集出现在生活里，感到不舒服。起初，我与S还带着“我们两个根本不可能了”的心态质疑她的“多心”，四人见面已经不可能了，我跟S偶尔通电话，竟带着无法对人坦白的幽微。

我慢慢思考自己为何招人厌，为何明明朗朗的“友谊”受到质疑，我才赫然发现自己竟然那么依赖某几个特定的“前任”。那种依赖带着某些“特权”，仿佛我知道虽然恋情已经过去，但我在他们生命里仍占有重要地位，我还希望延续那种影响力，我仍渴望着被“变换形式地爱着”,而对方可能也还因为某种缘故“变换形式地爱着我”。即使我们不可能出轨，但那确实是一种因着过去遗憾而变换形式的“旧爱的延续”，当新的对象加入时，我们虽然抱持着“彼此已经像亲人”一般的心态来往，然而，却忽略了我们的过往仍处在一种互相依赖的“未完成式”，我们还没真正走到爱情真正的升华、转变，可以安然相处，甚至可以“不相处”的状态,我猛然发现自己因为拥有这几个比知己更亲的“前任”，这种变形的“友谊”，变得也不懂得如何跟一般朋友往来、交心。因为，还有比曾经爱过你、恨过你、最后依然与你友好的人更为可信的吗？对一个怯懦于交际的人而言，过去的恋情、往事、回忆，都变成避风港，前任，成为最佳的好友，全然不知这样对于四个人都造成“生命无法前进”的损伤。

原来我不曾真正放手。

醒悟到这些，经过了很长时间，我仿佛又经历一次一次真正的分手，将那些我视为“挚友”的前任一一地从紧密地往来，从那种“我知道只要一通电话你就会来”的默契，渐渐清除，我必须还他们自由，也才能使我自己从那些依赖里脱离，那是一段非常漫长的过程，甚至比分手更痛苦，原来我心里仍有无数的不舍，仍带着“我知道我不可能维持一段长久的恋爱，但我需要恒久的爱”的心理，贪恋着那些未完成、也不可能继续的爱，我没有走出过去，也无法迈向未来。

几乎到了跟早餐人结婚后，我终于完成了将每一段关系全部收尾做结的历程，原来真正的分手不只是形式上、名义上的，还有心理上、实质生命意义上的分离。某些人，还是“我们”的朋友，偶尔会出现在我与阿早的生活里；某些人，我们不再相见了；某些，只是断续地联络。我自己的身边，也逐渐拥有了几位共渡过许多困难的患难之交，也有可以一起吃饭、运动、说心事的“家庭好友”，也有往来虽然不多，但彼此相知的“同伴”。我的生活逐渐扩大了，我不再紧紧抓住往事过活，不再以为那些存在于生命中或长或短、但分量足够的恋爱一旦结束后，生命就像失去了某一块，无法完整。

我与那些人的爱，终于完成了它们自己的生命轮回，真正被保留在记忆中，有些日渐褪色，有些变得永恒。

我们都必须放开手让对方前进，好让已经结束的爱情，不会变成包袱、拖累、旧伤，而真正成为生命里美好的祝福。

我想我终于不再是讨人厌的前女友了（应该是吧），我懂得封藏那些往事，收敛回忆的频率，分辨自己所在的位置。我想，那些被我爱过、且爱过我的人们，也终于像卸下生命里一个沉重的包袱那样地，可以将我归类为“曾经爱过的人”，我们不再为丧失感到苦痛，不再沉溺于往事，不为遗憾而懊悔。

正是因为深刻爱过、相处过，所以可以勇敢走出旧爱的保护范围，让彼此都能敞开生活，得到自由。

然后可以深深地理解那句话，“不爱也是一种爱”。

逃避

年轻时几段恋情，没有能力妥善结束，只能以逃跑做结，那时我无法理解（也还不能接受）自己为何会在一段恋情里，又“爱上”另一个人，我不知如何对正在交往的恋人说：“我喜欢上某某了。”为了避免继续不忠，我让事情恶化到必须分手。

一开始总是美好的，甚至不美好也是新鲜、好奇的，好像那样的热度，才足以令我感受到爱，但“爱情”到底是什么，我却不清楚。在我心中，爱就像走在回家的路上被外星人掳走，岔开了原途，进入另一种生活。“我没办法控制自己”，虽是这样声称，在感情变异时，面对恋人心碎神伤的各种行为，我只会懊恼地说“我就是那么烂。”把对方描述我的恶言恶语全都贴在自己脸上：“自私”“不负责任”“骗子”，却不知道这种承认，是一种使用负面方式让自己脱离罪咎的话术，对改变自己毫无帮助。这样的模式一再重复，最后归结“我跟谁都不适合”。

大多数时候我说“都是我的错”，但认错并不代表愿意改过，自责也不等于负起责任，自怨自艾无法使自己成长，这些言语，更像是“逃避”的车票，“但为何而逃？”“逃避什么？”自己也未必知道。

多年之后，认知人的复杂、感情的多变，发现我想逃避的是爱情的“现实”，爱情对年轻的我而言，必须带着朦胧的面纱，以维持神秘与甜美（或者是神秘与暴烈）。我所追求的，就是那种不可言喻的“冲动”“强烈”“美丽”，两人一旦进入恋人关系，尤其是固定的生活模式，首先就会掀开那层面纱，日常取代了强烈，生活里的琐碎、两个人之间的差异，甚至更进一步的磨合，都打碎了我对爱情的美好想象，我透过寻求另一段爱情的开始，来躲避面对原先关系里的挫败与困难。

接着我逃避的是“提出分手”，宁愿劈腿也不愿意主动提分手，这不只是年轻的我会犯的错误，这个问题几乎纠缠着某种类型的人的一生，因为外遇容易，提出分手却需要有能力解决冲突、面对指责。那时的我，还无法理解外遇的发生不仅是“谈了另一场恋爱”，也意味着要面对眼前这段关系的变化甚至是破裂，当然会经历痛苦的过程，只是连我都无法原谅自己，因为外遇意味着“不忠”“变心”，而这些都意味着我的人格问题。我期盼自己还是刚恋爱时的那个人，海誓山盟、信誓旦旦，我总以为“深情”“专注”“执着”才是美好的人格特质，做不到这些，令我愤怒而挫折，我宁可一步跳到“我是负心的人”也不愿意面对“为何我会负心”这个问题。

恋爱很重要的一项特质，就是让人发现独自一人时无法发现的自我，这当中也包含了“缺陷”与“弱点”，习惯或喜欢将自己“定罪”的人，不见得真的认定自己有错。以我的例子来说，我始终觉得“事出有因”，却不愿将原因说破，承认“都是我的错”要比“努力改变关系”来得容易，因为那时我根深蒂固觉得“关系有问题一定是没有遇到对的人”，为了保持遇到对的人的机会，我不愿意就眼前的这段关系进行检讨，“不给对方或彼此改变的机会”。

我逃避的，是发现“本以为是爱情”结果只是“程度较强烈的喜欢”，“喜欢”会因为情绪、事件、相处而变成“不喜欢”；但进入爱的深度之后，喜不喜欢不是决定继不继续的原因，修补、改善、磨合、等待、包容都是度过“暂时不喜欢”这种情绪性感受的方式，但那时的我还没机会体验。浪漫的感觉过去了，发现彼此或自己还没真正投入爱情，或者，还没有能力去爱，不是急着逃避，而是借由这种认知、借由理解“这还不是爱情”，深思爱情是什么。

急着想逃，没有用。但我逃了。谈了更多恋爱，只是陷入更深的迷茫。

有许多年的时光里，我扛着一顶“有罪”的帽子，给自己戴一个“负心人”的标签，却仍不断寻寻觅觅，私心以为有个人在某处等我，他／她，会治愈我的懒惰、自私、软弱，使我成为我想要的那个人——专情、痴心、执着。于是经历一次又一次，没有使自己更美好，却让自己更加困惑，最终陷入“真正的失去价值感”的处境，我匆忙戴上的那顶帽子，变成了我的一部分，剥除不掉。

如今我知道，当感情发生问题时，逃向另一个人只是逃向另一次恶性循环，没解决的人生问题会以其他形式再来一遍。当关系里出现挫折，无须立即归因到“我不爱你了”“你这样就是不够爱我”，或者时时担忧自己无能力去爱，也不可能得到爱，进而呈现“自暴自弃”的“反正我就是这样糟的人”的状态。即使已经确定这个人不是我要一辈子相处的对象，还是可以用更温和、理性、诚实的方式面对分手，因为这是在学习爱的过程，没有勇气提出分手，没有能力解决纷争，不敢面对冲突，也没有能力迎接与守护你所真正想要的爱情。我们在每一段关系里都尽力认识自己，包括理想与不理想的自己、光明与黑暗、美善与丑陋，在每一段关系里都竭力使彼此感受到“相处的真诚”，即使到最后分手的时刻。

当然，这很难，但不做到这些，无以理解爱情的艰难与复杂，不做到这些，就还会一直在错误的应对方式里循环，没有谁会突然出现让你变成一个更好的人，只有靠着自己努力在关系里一次一次地面对、认清、改变，那个你想象中比较美好的自己才会逐渐长出来。

停止自责，是戒除“逃避”的第一关，这是后来的我学会的，不自责、不懊悔、不闪躲，发现问题，先别急着否定关系，发现自己的错误，也无须惊慌失措，这些如闪电般将我们击垮，把生活突然切开的“突发事件”，是重要的提醒，唯有冷静地去面对，去理解，寻求帮助，并且学习改变，才能“逃出生天”。自责无法让你学会爱，逃避不会让你找到出路，唯有面对才有可能。

试试看，这一次，试着不抢当罪人（那太简便了），而是选择做一个“有诚意面对问题”的人，即使还找不到解决之道，过程可能很痛苦、很残忍、很难堪，然而，即便仅仅是发现问题所在，甚至发现自己还没能力去解决，只要不逃，无论面对到何种程度，都是进步。至少你不会再如亡命之徒四处逃窜，只为躲避那些自己还不理解的事物，但你可以选择不再重蹈覆辙，哪怕只是移动了一小步也好。

纠缠

有些分手的状况，变成某人生命里不断循环的悲剧，发生得突然，要经过很长时间才能真正地脱离。很难分清楚到底是谁放不下谁，谁太无情，或谁太软弱。已经分手了，但爱还在，还放不下的人心中矛盾挣扎，到底该不该联络？要维持什么样的距离？他呼唤我了，要不要去？

记得那时，三十岁不到，经历过几段难以言喻的感情，身心疲惫，我总也不知道爱情是什么，却一再地恋爱，好像只是身上的腺体与内心的缺陷在交互作用，后来我才知道自己害怕寂寞。没有人爱我的时候，我无法感觉自己的存在，即便我已经在写作，也出版过几本小说，许多盘根错节的原因，使我觉得自己始终无根地飘荡着，跟谁都不亲，我盼望能在爱情里找到家的温暖，我盼望自己因为无法融入人群里而倍感孤独的学生时代，可以借由爱情得到补偿。爱情对我来说太神秘了，以至于可以叠加上所有的想象，遇见 R，就是我对爱情想象力的大爆炸。

旁人看 R 并不是特别出色，他年长、孤僻、固执、我行我素，我看到的却是专注、天真、善良，他是那种几乎不需要他人就可以存在的人，自己煮饭、洗衣、做家务，全世界到处去，是个工作狂。我羡慕他的强大，甚至爱慕他的“孤僻”，我以为，如此孤僻的人爱上我，表示我有某种不凡之处，当时我是多么没有自信，以为狂热的性爱，代表着爱情的强度，我什么也给予不了他人，能给出的只有性。我只有在两人亲密的时候可以确实感觉到被需要、被爱。

山盟海誓，觉得非彼此不可，真不知道哪来的念头，而出现得那么真实，我想我已经将与他的感情当作人生的出口，我所欠缺的一切，在与他一起的生活里都可以找到。

童话崩坏得很快，他没有变，只是把被爱情激发的那一面收起来，又变回了原本的孤僻、行踪神秘、“爱好自由”，那就是我原本爱上的模样，但我已经不是我了。

以为会长相厮守，他却说“我还没准备好”；以为会同居，他却说“可是我习惯一个人”。我以为他会想念我如我想念他，但一分开，他的手机就不打开。所有的“以为”，造就了我的灾难，那时我没有语言可以问他：“这些那些代表着什么？”他也没有能力向我解释：“那些恋爱时的誓言都是真心的，但我没有能力做到。”很奇怪地我没有恨他，只是陷入一种像走错舞台，却已经找不到原戏的慌乱，爱情出现几种不同价值，都是我愿意相信的，但两个人怀抱着不同的价值，根本走不到一起，我以为相爱的人总会保持联系，渴望与对方见面，但他不这样想，他爱好自由大于一切。对某些人来说，那就是“不爱了”，可我却无法相信，倔强的我，提出了分手，但心中，却依然眷爱着，他知道自己负不起责任，给不了承诺，却也等着我去找他。分手的痛苦我熬过去了，但他却在我要与他人交往时，若无其事地出现了。

有几年的时间，我总在他出现时，发现自己即将或已经开始的新恋情不是真的，我的心与记忆还没离开我们一起生活过的小屋，那甜蜜的六十天，只要看见他，就仿佛可以重回那些快乐的时光，然而，他依然是他，离开就是消失了。没有任何可以预期。没有办法约定。

我们是这样一点一点磨损着曾经有的爱，将之变成鸦片、解药，或者某种已经逐渐衰败但还可以充饥的粮食，孤独的时候，软弱的时候，或者，需要陪伴的时候，我找他，或他找我。有时相处极其家常，有时，显得非常悲伤。

那时我谁也没说，苦恼得几乎发狂，我无法向朋友承认，“一定要跟他分手”的誓言犹在耳边，我却仍与他见面了，我无法对朋友承认，跟新的恋人分手，也是因为他的出现，我担心朋友讨厌他，我更担心朋友嘲笑我，这是个无尽回旋、往下坠落的循环，我找不到起死回生的办法，许多次我想到死，好像只有死去，我才有办法拒绝他。

“不要再找我了，如果你对我还有一点爱，即使连我找你，也请不要回应我。”我多想这么跟他说，斩钉截铁，像戒除酒瘾一般，请他帮助我戒除“他”。只有这样我才能够往前走，找到新的人生。但我没说，我开不了口，我更怕真的这么说了，我会后悔，我已将他当成人生的避风港、避难所，失去了永远会在那儿的他，我该怎么办？

我忘了我是怎么离开他的，或许是在一个相处的假日里，两人默默无语地吃饭，窗外的鸟声啁啾，他带我窗边看鸟，我想起了我们曾构筑过的将来“有一个安静的小房子，院子里有花，鸟儿会飞来”，玻璃窗外的花树与群鸟，我们心照不宣的疏离，使我想起了我们是多么悲哀地假装着我们还在恋爱，假装着我们这样也很幸福。不，悲哀的只有我一人，我根本不知道他怎么想，分手之后，我们很有默契地，再也不谈心了，我像是突然醒悟那般，知道这个假的恋爱已经不可以再演下去，否则我心中对他曾有的那份美善，那份只属于他的爱，将会被廉价的陪伴给取代，我会因为这样拖泥带水地爱着他而恨自己，甚至开始恨他。

你还爱我吗？是怎么从很爱变成“只有一点爱”？我们是如

何从彼此钟情变成彼此依赖的两人，我们是如何从心灵相通、彼此相知的恋人，变成不断回收的“前任”？

我们现在是什么关系呢？还要这样多久啊？你知道这不会有出路，你不会改变了，对不对？

我没问，没提，我走了。

再也不会因为一通电话就搭上深夜的巴士，再也不会在听见你的声音时回想起当年的相识，再也不会将身体呈现出来只因为我认为那样就是爱，可是我知道爱还藏在某处，可能会一直存在，就是因为如此，我不要讨厌你，我更不要讨厌自己。

经过了许多年，我终于不再幻想着从前的爱会奇迹般地重现，可以继续，我只是平静地接受了，“相爱不一定可以在一起。”“曾经爱过也不表示可以一直爱下去。”

“放过彼此吧。”

在回台北的巴士里，我没哭，但内心涌起如浪的情绪，如果早些时候有人劝我，我听得进去吗？听得进劝告，是否可以少受一些苦，免去许多煎熬？但我就是那种非得自己想通，自己走透，无路可走了，才踏出一条路的人。

所以，我不劝你了。

接下来的人生，是否会一再反复，你是否会徘徊在“他爱我？”“他不爱我？”这个循环里，在为他哭泣，或生他的气之间盘旋，在希望与失落之间起伏，你是否会因为接到他的电话而开心，失去他的消息而悲伤；是否会因为跟他亲近而感动，看到他与别人亲近又愤怒？

你在这个暴风里，而这些只有你自己可以看清楚，你才能领着自己走出来。

或许心中那份爱不需反复检验，不需在软弱、脆弱时用尽，而是坚强起来，守在心中，让它还是一份美好的爱。

我在想，换个角度，若你是另一个 R，当你知道没有能力承诺，没有把握承担，闪着躲着终于还是分手了，你知道对方还深爱着你，还在等你回头，你或许也还在衡量现在好，还是过去的比较美，你或许也会因为比较、软弱、寂寞等因素，打了电话给已经分手的对象，你知道他会等，他总是在。然而，没有能力去爱是一回事，没有能力好好分手是另一回事，如果还有最后一分爱，暂时不要联络，不要因为需要而联络，即使他主动与你联络也不要因为“各种原因”而与他继续亲密，不要给他幻想，不要给予暗示，要给他真正的帮助。

而真正的帮助是，无论是什么程度的爱，都要做对对方好的事，尽管那件事看起来，似乎无情。不去挥霍或滥用那仅剩的一点点爱，有时，可以免去一个痴情的人好几年的反复煎熬。

对于已经分手的人，善意，而不滥情、不自私，谨守着那一份界线，为所当为，是对过去的爱，最大的尊重。

依赖

为了一段感情，你逃到了天涯海角，似乎必须要离他很远很远，才有办法戒除他对你的影响。“我不知道自己怎么了？明知道跟他在一起会受伤，却还是一再重复，跟他在一起的时候很痛苦，但想到不能在一起就更痛苦了。”

爱得惨烈，分得悲伤，你说这是你生命里最重要的一段经验，刚发现他不忠的日子，你每日以泪洗面，陷入愤怒、悲伤、茫然各种强烈而负面的情绪里，你知道他就是这样的人了，你能留住他的人，却无法使他忠实于你，你只能黯然离开。

那段日子，都不知自己是怎么活过来的了，你才清楚意识到，你对他的依赖，以及你的生命如何被扭曲。

如何戒断依赖？你问我。

这会是一封很长的回信。

年轻时我的性格激烈，恋爱动不动就是性命交关，好像每一个决定都会引发滔天巨浪，不知为何，自己与对方的情绪都非常强烈，仿佛感情上稍有问题，生命就会为之破裂。

最初的喜爱、与单纯的恋爱，很快演变成生活伴侣、工作伙伴的唇齿相依，但两人却还没成熟到懂得如何一起生活，尤其是我自己。二十多岁的我，心中还有很多困惑，对人生与爱情都才开始认识，从爱进入关系衍生出的种种问题都让我困惑不解，表面上看起来两人似乎很亲密，但更多时候是因为我习惯性的忍让与配合，我无能表达出自己真正的需要，我也还不懂得自己想要什么生活、要从事何种工作、可以创造出什么样的人生，这些那些我都还来不及细想，还没有任何具体的认识，爱情就已经发生了，已经跳上了“两人世界”的列车，想要离开，除了跳车，没有其他可能。

同居生活、共同的工作，一起养的猫与狗，二十四小时的相处，日复一日推着我前进，我已经无法分辨什么是我要的，什么是我必须承担的，恐惧孤独、害怕失去、担心冲突、不想让对方失望,唯恐自己“拖累了全家人”。我开始将自己分裂成两种样子，我以为只要能将白天与夜晚的我成功分隔，我就可以顺利度日，没想到那造成了内心更大的冲突，我越是以为“再忍耐一段时间”就会有转机，就发现自己又造成了新的“错觉”，做了一个更不能回头的决定。

逐渐地，自己不但内心迷失，生活上更是陷入茫然，当时的情人以“我要照顾你”为爱我的方式，所有一切看来都是为了我着想而做的，最后却成为我逃不掉的牢笼，而我也因为被过度“照顾”“看管”，逐渐自废武功，慢慢地变成一个在现实上没有生存能力的人，我没有一份可以独立为之的工作，要离开对方，等于放弃生活里所有一切，经济、住处、工作、宠物甚至家人，但是我知道我必须离开，再下去若不是两个人无止尽地互相伤害，就是我逐步奔向疯狂。

当时我已经是个出过四本书的作家，我却不相信自己有能力养活自己，长时间的两人世界，让我变得退缩、依赖。在现实中我不会开车，但我们却住在连公交车都少有的偏僻地区，我在我们共同经营的公司上班多年，已经与外面的就业市场脱节，更何况我只想写作，两个人的关系变化有很大的因素是因为彼此对工作的看法不同，我努力想逃，恐怕不是因为爱上了其他人，而只是想要争取自由。

但那时的我并不清楚这些纠葛，只知道自己陷入困境，却无力改变。

当时的我是多么愚痴，除了换一个人来爱，竟想不出任何可以改变的方式。

我做出了看似“变心”的举动，就开始了一连串逃亡的过程，我以为换了一段关系，就能得到解脱，实际上却是我缺乏自信，没有能力独立，还是想要借着“另一个人的爱与照顾”得到拯救，我以为终于结束那段交杂着感情、经济、亲情的复杂关系，可以得到自由，却不自主陷入另一个泥淖，把一段新的感情当作“救生圈”，却无意间掉入了另一个“需要逃离的陷阱”。

之后很长时间里，我从一段感情逃向另一段，明知道这样不好，但内心却充满无力感，害怕那些空白的时刻，好像身边没有情人时，我就会非常恐慌，我就是没有价值的人，我根本不敢去思考，为何我必须用一份爱情、一个人来证明我是“值得”的，我无能去厘清，这是不是一份我知道为何拥有、为何继续的爱，我没有余裕去理解情人之间如何能够相处，人们是靠着什么去维系情感。我的恋爱都像是大火燎原，像是一次一次灾难的发生，“无能阻止”与“情不自禁”还更贴切我的处境。

一段接着一段的感情没有让我快乐起来，只是让我对爱情失望，对自己灰心，甚至让自己陷入一段近乎危险的关系，如果离开，对方就会跟我“同归于尽”，面对我曾经爱过，却越来越让我恐惧的情人，对方情绪的强烈起伏、对我的极度依赖，如果我离开他可能会自杀的恐惧，让我感觉生命已经彻底无望，我深深知道我必须停止这一切循环，然而我是那么害怕，甚至连自己害怕什么都不知道，好像只是活着这件事都让我恐惧。

我落入了最深的悔恨与挫折中。不敢爱人，不敢被爱，多年来仿佛爱情上瘾，靠着各种爱情求生的我，落入“必须独自一人”

的处境，以为是人生的谷底，后来才知道，戒断爱情，才是我扭转生命的开始。

无论自愿或被迫，我终于“单身一个人了”，我离开工作、家庭、故乡、情人，靠着各种打工维持写作生活，生命只剩下“写小说”这件事，看似荒凉无望，却让我摆脱了一有问题就依赖情人的旧习，最初的那段时间异常辛苦，戒除对情人的依赖需要漫长的练习，甚至，在失魂落魄、内心混乱不堪的时光里，我才知道长久以来那种无法喘息的生活方式，是因为我谈着错误的恋爱，因为我总在还没准备好的时候，就用开始一段恋爱来让自己以为“人生得到改变”，我从没有机会根本看待自己生命的问题，更不可能修复我因复杂的爱情关系带来的伤害，原来很多爱情可以不要开始，许多应该只是朋友、友好的关系，那些只是喜欢还不是爱的关系，因为自己的软弱或对方也软弱，自己的错觉或对方的错觉，进入了互相依赖的状态，而我们还以为那叫作爱情，但至少我知道自己必须独立起来，我不再让人接送，不会开车与骑车的我，尽量选择交通方便的住所，甚至，我不再与人同居了，因为害怕从一个屋子换到另一个屋子，最后都会沦落到必须连夜逃走的地步，结束那段惨痛的关系之后，无论经济如何窘迫，我坚持要拥有自己的住处，不管与谁恋爱，我不再轻易让人住进我的屋里，是这样开始慢慢学习，透过自己的专业，一点一点拾回“我可以独立生活”的信心。

这过程非常缓慢，路上充满“让我照顾你”的各种诱惑，以及遇到困难就以为自己非常脆弱的“幻觉”，但幸运的是，过去惨痛的经验使我本能地抗拒，我逐渐地有了自己的生活，开始交朋友，也慢慢能够靠着写作以及各种文学打工独立生活，那时我已经三十多岁了,过去爱情经验里造成的“内疚”“负罪”“自责”，变身成“冷漠”“麻木”，我怀疑自己无法再爱人，也对于别人的爱产生恐惧，“爱无能”加上“亲密恐惧”，让我好不容易迎来下一段爱情，相处之后再度失败。

生活改善了，但我的恋爱还是在相似的问题上夭折，但是，即使爱的能力无法短时间学习，努力却没有白费，至少让我在工作上得到了成果，我不再是当初那个住在交通不便之处（我总是随着情人搬迁，对方有车，喜欢住郊区，我没有衡量自己的交通能力，也无力思考自己要在那个城市做什么工作）、出入必须靠情人接送，长期饱受经济与感情压力，连去看精神科都没有能力的软弱女孩。我渐渐地迈向经济独立，还能寄钱给在乡下的父母，日常生活即使丢三落四、但绝对足以独自生活，这份自主给了我空间，让我即使还没有能力好好去经营一份爱情，却不至于寄人篱下、依赖情人照顾，我有了安定的住处，不再四处漂泊，这种独立给了我信心,治愈了我长期对自己“脆弱”“没有自信”的印象，人是可以改变自己的，即使你曾经犯下许多错误，自觉不可能再得到幸福，即使你在爱情里一再受挫，至少你可以把自己照顾好，你自己可以决定你的去处，你的存在就是价值，“爱情”虽然重要，却不是一个人唯一的评价，在爱情里犯错、失败、跌倒，不代表人生就此宣告失败，那只是我们必须经历的各种挫败之一，而那其中存在过的美好、深刻，即使再痛苦的分离，也无法抹消其价值。

让自己独立起来，不再依赖爱情，不依赖情人，而是反过来，去做一个有能力付出的人，当爱情不是一种需要，爱情就会回到它原本的面貌，当你有能力独立自主，不再依靠爱的喂哺、情人的照顾，你会更有能力去分辨，什么样的恋爱是你要的，能分辨只是“喜欢”与“爱”的不同，你有能力选择，你可以爱别人，也能够爱自己。

单恋

你细细写了暗恋一个女孩十六年的故事，十六年来她对你若有似无，你却无法离去，即使你已经有了交往多年的女友，还是无法对她忘怀，心中压抑的情感已经达到极限。

我想跟你说，辛苦了，这一趟漫长的回溯，这一番彻底的回忆与反思，告白有时并非只能对我们所爱的人，告白，有时就像是自己与自己的对话，为的是整理自己的人生，厘清回忆，淘洗生命。

有首诗是这样写的：“我爱你，与你无关。”你的故事，恰恰道尽了这两句话的轻重。这一份封藏十六年的爱，横跨了你的年少与青春，霸占了你的盛年，拿掉这十六年与她的故事，生命是破碎的，所以我不会劝你“忘了她”，也无须忘了她。

有时我们以为某个人横陈在我们的生命里，左右我们的喜悲，“吃定了我”，但那不是坏事，这样的一个人物，代表的是一种美的存在，使我们意识到“初恋”的诞生、随着对他的感情的生长，我们经历了一个人对于另一个人“最纯美的”爱恋之过程，光是这一点，应该感谢这个人的出现，以及牢记这份美好。

爱的过程很多时候带给我们的启发，改变我们生命的轨迹，远大于其他事件，即使看起来，这就是一份“单恋”，是无法结果的爱，充满苦涩。

对于她，你曾经告白，也多次地表达了自己的恋慕，她的回应是“难以解读”且“暧昧不清的”，正是这份若有似无、欲拒还迎，或者说“仍带有一点想象空间”的“拒绝”，使你始终放不下，让你不断加深期望、投入更深，使你离开后又返回，多次徘徊，无法清空内心真正去接受另一份爱。

我想,“爱”有很多层次,她对待你的,未必不能说不是一种爱,可以扩大解释成另一种“难以归类”“无法定义的”情感,类似于“无邪的纯爱”。这样的爱,未必非得在世间找到一个“恋爱”的位置,甚至也无法找到一种相应的方式，这牵涉到个人选择，以及个人对于爱的诠释。

然而,付出过真心,感受过那份仅存在于彼此之间真正的“心意交流”“温柔相待”，是最美最真纯的过程，那并不意味着必须占有，必须落实到生活里，成为恋人，彼此相属。既然她已经做出选择,无论那背后是否仍藏有“其他的诠释”“可能的苦衷”或者,真的对他而言那就是一份纯纯的爱，无涉于她心中认定的恋爱，她并不会因此走入你想要的关系里。尊重她的选择，这是对爱基本的认识，尊重并且理解，每个人对于自己所喜欢、在乎、重视的人，会随着生命过程的各个阶段，产生不一样的“定位”，她似乎就决定将你视为“知己”“年少时重要的友伴”，尊重她的决定，放下自己的执着。

长久以来，你一直带着对她的期待与爱慕过生活，她已经成为你生命里重要的牵绊，甚至是爱的象征，我想，你很难分辨，或者说，很难想象，不再爱她，或者如何不去爱她，然而，生命是变动的，应该顺随变动，让每个经过我们生命，给予过我们触动与启发的人，都成为可以带给我们良善、美好与珍贵记忆的对象，而不是困住我们的“障碍”，一份如此珍贵、美好的情感，不该变成“克服不了的阴影”，阻碍人生的进程，成为封闭自己，甚至否定自己的“心结”。

你带着对她的爱一路走到了成年，这非常美丽，无比珍贵，这份爱，与你跟你目前女友的感情，其实存在于不同的时空，只是你以为这两者互相冲突，建议你可以将你与你女友的相识、相恋，以及相处的点点滴滴，单独拿出来看，诚实地审视你们之间的感情，去除“需要”“彼此陪伴”“互相取暖”这些前提，认真地想象与理解，七年来，你们共同建立了什么，带给彼此什么，将来是否还要一起，去除对于小小的恋慕，你与女友之间的关系，是否也存在着你们才能理解的“爱情”。诚实面对自己，并且勇敢地进行剖析，然后真挚地做出决定。

生命里有过“小小”这样的女孩，是成长最美的篇章。然而一个成熟且独立的人，应该随着生命的成长，让心中的爱也随之升华，我们是可以不拥有对方而继续爱着的，我们也可以不带着任何期待去爱某人，甚至，在为了成全这份爱的纯粹之下，将这爱意封存于时空之中，使它成为彼此珍贵的纪念，带给两个人的不是遗憾与痛苦，而让它提升为彼此成为“更好的人”的一段重要历程。

放下执着与期待，放下“非他不可”的错觉，放开那份“人生卡在这里过不去了”的悬念，生命是无常的，一颗开放的心会拥有无限的可能，过去都是为了让我们走向未来的台阶，踏实地看待过去，珍重地面对失落与遗憾，那些曾经带给我们刻骨铭心的记忆的人们，是最美丽的花朵，我们最宝贵的做法不是努力摘下它藏为己有，而是，切实地分辨它曾隶属于某些时刻，感谢它的存在，带着这份力量往前走。

谁说你不能继续爱着呢？让这份爱成为你审视自己、认识自己，并且分辨自己是否有能力去爱人的镜子，而不是沉溺悲伤或封闭自己的借口，无论你是否继续与现在的女友在一起，或者你将会孤独地去面对这份爱，守护这份爱，我想，都应该勇敢地去担负它，且知道，这是你自己的决定，不负这个决定最好的方式，便是放下对她的期待，停止要求她的回应，知道深爱一个人，有时最重要的，是让她、也让自己自由。

坚持所爱，守护一份爱，是需要无比的勇气的，甚至需要绝对的真实、强大的力量，与长时间面对自己的勇气，但去转化一份爱，或者说，将这份爱变成生命里重要的记忆，让原本的执着，变成一份使自己蜕变的力量，这也是一种爱的方式。

不要悲伤，我想，你所爱、所付出、所珍视的，多年来你为她守护的，点点滴滴，她都知晓，也都感受到了，只是她选择的回应未必是你想要，你可能也还未必准确地理解。这需要时间，需要放下预期心理，需要沉淀。

存在于你们之间的美好，没有消失，而唯有你真正地成长了，卸下这份负担，从这份爱里找到使自己前进的力量，那才是对她最好的祝福。

祝福你，你曾那样美好地爱过，一切已经足够。

表白

你说多年相处，始终像朋友，你像战士护卫着他，后来才发现自己深深爱上了他。你忍不住想表白自己的爱，却又深深恐惧着，你担心被当作怪物，你害怕表白之后所有不幸的一切……

“怕一句话没了他”，让我心疼。

读高中时，我曾与一个社团好友允为知交，既是一起逃课、熬夜编辑刊物的伙伴，也是假日时一起出游的好友，我们无话不谈，相处时总是特别快乐，那份情感来得自然，对我而言无分性别，只是一份单纯的、发自心中无以名之的“感受”，我都还没来得及表白，甚至也不知道应该表白，但我的热情却已使她有所觉察，“我觉得你该去交个男朋友。”她说，我纳闷问她：“为什么？”她回答：“你有点不正常。”

当时我是心碎的，但我没有察觉，为了赌气，或是伤心过度，我真的与一个应该只是好友的男孩交往，在社团里再见到她，我像是宣布什么似的说：“我交男友了。”好像想要证明自己“不是怪物”。

与男孩的纯纯恋情无疾而终，连那男孩都说：“以前听说你是同性恋。”我笑笑不答，那时我还不懂什么是同性恋。

我与女孩上了大学还是好友，在我出书出柜之后，每次相见，她依然极力劝阻，希望我“矫正”，那时的我已经知道反抗，与她辩论，而最后，我知道友谊已经无法继续，两人如此走散。但在我心中，那十年的情感是珍贵的，我不勉强她接受我，正如她也不该勉强我改变。不能继续的友谊，正如无法继续的爱，都让它保存在心中吧。

我想说，“应该表白吗？”在表白之前可能必须自我心理建设，任何一种表白都是没有保证的，只是身为同志，有时表白会带来伤害，要有失落的准备，要知道表白的同时也是出柜，要明白，爱一个人，很多时候并无法得到回应。爱是一种冒险，要确信“我不是怪物，我的爱是真挚的，即使对方因此惊恐、退缩、反感，甚至不知如何与我继续做朋友，都无损于我的价值”，这是一个考验，考验的是你们的相知、你们的缘分，以及现实里到底可否变成爱情，或继续保持友谊，或者，就此走上陌路。我可以理解你的害怕、你的恐惧，但不要害怕自己，无论结果是什么，都肯定自己的爱的价值，一份真挚纯粹的爱，存在过就是价值，以温柔的、真诚的态度去表白，不带着期待，不要求回报，我想，这份表白除了表明爱意，更多的愿望是对这个相知的友人，表达更多深刻的自己，倘若这一直是你内心的秘密，像指出天上最小却依然闪亮的星星予他，“这是你不知道的我”“这是我心中深刻的爱”“无论你是否爱我，我都祝福你”。你不只要表白爱，更要表白自己的心境。

我无法预知结果，但是，往后你的人生还会遇到更多试炼，更多难关，这只是活出自我的第一关，失去他也不会失去全世界，但勇敢踏出这一步，预示的是直面世界、直面自己情感的开始，生命是艰难的，考验无所不在，但无论如何，不管旁人怎么说，一个真正付出爱的人怎会是怪物？先接受自己，肯定自己，然后带着无论如何都无悔无憾的心意去表白，当作是成长的第一课。

出柜

你说最近因为出柜的事，与父母闹得很严重，不知如何出柜才是正确的。

如果你在我面前，我会拍拍你的肩，对你说，别懊恼，别沮丧，你已经走出了最困难的第一步。接下来要一步一步耐心慢慢走。

我常对年轻朋友说，“出柜”是一个“漫长的沟通过程”，而不是“一次性的告白”，你的状态也是许多年轻同志现下的处境，家中只有一个孩子，背负着父母所有期望，渴望做自己、拥有自己的人生，但又对于无法达到父母的期望感到焦虑。

在我看来，当日你对父亲出柜的情况，虽然看似受到挫折，实际上却是亲情很自然的互动，反而增进了彼此的理解，母亲带你去看咨商师，嘴上说接受，却仍然暗示你要留长发，交男友，这样的反应也不算太激烈。庆幸的是，你的“出柜”并没有招到太强烈的反应（相较于许多父母可能更暴力、更为激烈的反应），即使还没有完全接纳你，也还在试图改变你，我想，你可以试着转换角度，着眼于他们表现出的“善意”而非他们的“反对”。

面对孩子是同志的事实，能够理性反应、甚至全然接受的父母本就不多，不要特别苛责他们，此时该设想的是下个阶段该怎么做，目前你的出柜只是一种“描述”，他们得到的也只是一个“讯息信息”，因为对于同志的不理解，或许会感觉你还可以被“改变”，也还未放下想要改变你的念头，这些做父母的心理，或许你先设法去理解，不要着急苦恼，对于自己坚定的事，只要在心中坚持，就会产生坚持的力量，把期望降低，把彼此的关系当作是一个长期的“磨合”，先是告白，然后就是彼此的适应阶段，父母期望你改变，你期望他们接受，这个阶段，大家还在对立，容易起冲突。

建议你可以先把事情缓下来，在每周与父母的电话里，多谈谈你的生活、你各种状态，让他们先对你放心，自小的疏远，加上成年后的分隔两地，本就造成隔阂，“出柜”是你企图修复关系的起点，不是终点。在这点上，你得比父母勇敢、坚定、温和，且有耐心，毕竟你争取的是你将来漫长的一生，是至关重大的人生决定，父母可以认同当然是美好的，若决心争取父母认同，要且战且走，可刚可柔，要有变通的方式，不要因为心理压力而反应到情绪上，当你向父母“出柜”的那刻起，要知道，你也将他们放进了一个“柜子里”。作为同志父母也是艰辛的，他们会慌张、焦虑、惊恐，会有很多担忧，他们将来也得对亲友“出柜”，这些都会产生他们的焦虑。因为我们还处在一个对于同志相对不够友善的大环境，做子女的我们，要反过来长期地“给予父母关于同志的教育”，寻找各种可能的机会耐心讨论，当作这是一次又一次的沟通，父母若反应过激时，你就要镇定下来，先暂缓沟通，等待父母有沟通意愿的时候，再继续讨论。

当然，你依然可以坚持你的生活方式，有时我们可能是因为担心心意被动摇，所以发怒。请定下心来，你已经长大成人，要继续迈向更加成熟、独立的道路，“出柜”是成年的你返回原生家庭与父母进行关系修补的方式之一，不要有太高的预期心理。他们或许心中会一直有遗憾，你也会因为走上与大多数人不同的道路，而感到孤寂，但成熟本就是孤独的开始，因为要脱离与父母紧密的联结，开始建立属于自己的人生，会有很多困难，这些困难会让你更理解自己，也能验证你的决心。

我想，目前最好的方式，就是慢下来，把对于父母的失望解消，在我看来他们已经表现得很善意了，先肯定其善意，比较容易消除对立，你也需经过一段对自己的“安抚期”，父母的不接纳，会造成你心理上的伤痛，但你是必须肩负起来的那方，无论是失望、冲突、对立或者将来继续沟通的为难，这些都是你要争取过自己的人生，必须负起的代价。勇敢地担负起来，将之视为作为更有能力去爱的人最初的挑战，那就是“如何与所爱的人沟通”、

“如何面对失落”、“如何承受亲情的压力而能坚持自己的道路”，不要将父母当作敌人，也不要将抱持着反对意见的人都当作“对立面”，这些人事物，不妨看做是来考验我们的“关键”，这些责难、质疑会一次又一次让我们面对自己，发觉心中真正想望。

你也已经做得很好了，再加油！等待下一次的沟通，让心变得柔软，理解他们的艰难，但不是因为理解而产生内心矛盾，甚至退缩想放弃。人可以因为理解而更有能力去等待、包容、宽谅，这些力量都有助于你在与父母沟通的过程里，安定自己，有助于你的成长。

把人生过好，即使身为同志依然不屈不挠，不丧志、不虚无，活出自己的灿烂，终究会是最强而有力的证明。

担心

你问道，如果他总是不好好照顾自己的身体怎么办？总是熬夜？在黑暗里玩手机？不运动？……

“别担心，他是大人了。要像对待成人那样对待他。”

我个性爱操烦，什么都让我担心，从前不敢跟人太亲密，因为知道自己一旦在乎对方，就是无止尽的“担心地狱”，我不敢养宠物，因为连担心猫的安危与健康，都能耗去我过多能量，我不敢养小孩，因为知道自己的担心，会让我变成自己最害怕的那种唠叨母亲。

但爱上还是爱上了，而且结了婚，自动变成养猫人。

同居早期我真的花了很长的时间处理自己的担心，你简直不知道这世上竟有那么多事情让你操烦，“几点睡觉？”“要不要吃宵夜？”“是否定时运动？”“睡前看书或看手机时光线够不够亮？”“天冷了要穿衣。”“下雨天要记得带伞。”“不要老是光着腿睡觉。”……有生以来我对自己也没那么在乎，看见他喊着腿酸，就忙着找药膏，连续两天腿酸，就喊着要看医生，对宠物这样还可以理解，对另一个已经成年且明明生活能力比你还好的人，干吗这么操烦？

大概经过二十次的争吵，以及对方一百次的“我自己会处理啊”“你不要担心我”的抗议，与五十次的“那我不管了”的赌气，我是有一天赫然想起，对啊，我担心不是因为我在乎，而是因为我无法处理自己与他人的亲密关系，不知如何控制距离，因为我的不安。

有人在我身旁，我就变了个人。我不知如何表达爱与关心，不知如何与爱人维持大家都舒服的关系，于是就无止尽地操烦，我的担心，并不意味着关心，甚至我的关心，也不意味着就是爱，更多时候，那显现的只是我自己的焦虑，以及缺乏信心。

相信他，在没有跟我们恋爱以前，他不是也已经好好地生活了几十年了吗？

相信他，他需要的不是你的管教，而是你的爱。

就是因为爱他才担心他的啊，你抗议说。但仔细认真想想，倘若对方需要你紧迫盯人的担心才有能力生活，倘若你没有时时叮咛他就会出错，那么是不是更应该协助他不依赖你，而你也不依赖这份担心带来的“照顾感”，慢慢地让伴侣关系更平衡，更趋于对等。

面对自己的“担心”，该询问的不是对方为何不改，而是自己为何不放，层层拨开，可能会发现你原先没想过的自我的问题，也会发现“彼此的问题”，我们担心，并不是因为对方老是做些令人担心的事，而是我们对于无力掌握，或陌生的处境，希望有控制感，对于生活上还不够熟悉的对方，希望他也融入自己习惯的领域，让自己有安全感。如果对方按照我们的期望行事，生活好像会变得简单易懂，容易驾驭。但人生并非直线地简单。我们可能把应该用来关注自己的心，都拿来关注对方的琐事了。

你说：“但是熬夜是不对的吧，吃太多咸酥鸡，爱吃甜食，不吃蔬菜水果，如果身体不好，以后要怎么相处？他这么糟蹋身体，就表示没有替我着想。不爱护自己，怎么爱护我？”“倘若真的病了，要协助他就医，鼓励他复健，医生也嘱咐不能熬夜，控制饮食，这又怎么说？”

可以“邀请”不能“要求”，可以“询问”，而不是“斥责”，我常想，首先是要理解，理解为什么即使在这样的处境里，对方还是不愿意遵照医嘱，还是不愿意运动？我们不是医生，而是伴侣，是恋人，是最应该能设身处地理解他“之所以不能”，他陷在何种困境中，而非一味的以对地来谴责他的错。

如何过生活，每个人都是以自己的标准来判断的，你可能忘了，每个人有权利选择他的生活方式，即使在恋爱中也一样。你能做的顶多是“提醒”，还有另一种你认为更为健康的生活方式，问他有没有兴趣试试看，询问他为何选择熬夜、吃零食与宵夜，而且是不带价值判断地询问，是为了更好地理解对方，而非为了改变他。

然而“理解”，意味着要抛弃成见，放弃自己原先已经设定好的标准，而是把心敞开、开放地聆听，当对方感受到你的不批判、不指责，甚至无成见，或许他就会告诉你那些连他自己都没意识到的，所有作为背后的深意。然后两个人再共同讨论，基于这种处境，对方是否需要你帮忙叮咛什么，有什么是你可以为他做的？他没要求的，你不用多做。

我们要常问的是“有什么需要帮忙的吗？”而不是“你为什么不怎样怎样？”

放掉自己的担心，才有可能真正理解对方，互相理解的两人，才有能力去面对生活里的困境，分辨何者重要，何者需要改变，什么是个人喜好，什么是需要调整的。

放掉自己的担心，日子都变得轻松了，不想着改变对方，而是放开眼光，真正去理解与自己不同的生活方式、价值观，甚至去理解所有表象事物底下的深意，去发掘他的美好，而非紧盯着缺点不放，人们都需要知己，而不是一个教官，恋人们渴望的是爱人的关心，而不是老妈的唠叨、老师的说教。

很奇妙地，恋人之间有感应，当你不再担心了，不再事事操烦，什么都要提醒，对方好像变得比较主动更愿意对你说明自己，你焦虑的事物变少，关系的紧张也减少了，你放开企图掌控的手，他就靠近来握你了。

就像我们自己渴望的那样，一段美好的关系，关心而不担心，协助而非干涉，似远似近，一直联结着，那么亲爱，又如此自由。

信任

你说，刚结束一段长达八年的感情，非常痛苦与茫然，三十五岁的你，对未来感到迷惘，对爱情失去信心，“为什么这么久的感情，说变就变？那还有什么可以信任？”你问我。

八年，可以让一个小孩读完小学，上了中学。可以让一个青年读完大学又念完研究所（顺利的话），所以这么长的时间应该能够为我们带来成长，但爱情是最微妙的人际关系，不保证一分耕耘一分收获，因为爱情的特殊性质，它促使两个毫无关系的人进入亲密，甚至一起生活，而两个人会发展出什么关系，爱情如何生长，这没有可以评量的标准，更不是单方面就可以决定。

随着时间流逝，爱情未必更加厚实稳固，有时时间累积反而将爱磨损、消耗，甚至变得枯萎、凋敝。有些爱情关系，两人成长不同步，因为环境、工作、人际、志向等等，逐渐各自走上分歧的路，越离越远。另一种则是因为相处日久，逐渐进入惯性，慢慢消磨了爱情，即使形式上仍有情人关系，却变得像是家人或室友，这时只要有一方想追求改变，关系就会生变。

爱情奇妙之处在于它并非总是线性地成长，会经历暴冲、平缓、下滑，再拉升起来（或就此坠毁），充满变化，与各种可能。身在恋爱中的人，都是把自己最私密、脆弱的部分呈现在对方面前，而人们对于爱情关系里的对象，总是寄予太高的期望，附带太多要求，如果对于作为爱人这一身份，缺乏爱的能力、爱的自觉，使得爱情呈现出忽高忽低，或者突然间一方提出“觉得不爱了”“没有爱的感觉了”“爱上别人了”，当事人往往无法接受，觉得这是“说变就变”。

我不知道你所面对的是什么样的历程，这八年里到底发生了什么的事，使得两人必须走上分离。然而，爱过就是最好的经验，并不是只有白头偕老的爱情才有意义。记取其中美好的经验，不要用结果来评断一切，即使分离了，这份爱对生命也能产生重要的意义。

你还可以信任什么呢？我说，信任是没有条件的，信任也无关乎他人，纯粹是由自身产生的一种感受，你信任不是因为“某某人某某事”值得信任，而是你有能力去信任，有能力信任的人，也有能力面对失去，不害怕背叛与谎言，不畏惧受伤，信任不是

“盲目”地相信，而是有能力“无条件信任”，即使面对信任的人，还是要保持自己对于事物的判断与选择，做你有能力承担的事，而非借着“我都信任你啊”，将自己的选择权与主动权都放弃，最后才回头责怪：“都是他伤害我。”

爱情是没有保证的，无法因为责任、压力或者誓言得到永远的保护，但有爱的能力的人，会知道诺言与誓言存在于说出口的瞬间，重要性也在于那一时刻的“真情”，当往后感情发生变化，我们也知道自己有能力因应那个变化，不会因此就让生命翻覆，把所有一切取消。

未来本就是自己的责任，也只有自己能够创造，感到痛苦、迷惘、受伤、恐惧，都是失恋后正常的反应，哭一哭，骂一骂，把心里郁积的情绪抒发出来，你知道这些都是情绪，过后你依然可以回到自己的轨道，寻觅新的生活。

八年的时间，或许无法换来一辈子的相守，也无法保证你就此平顺幸福，然而，倘若这样重大的失落都不能摧毁你，你一定也可以从这份失落中得到力量，使你变得坚强。

感情勒索

曾经在一段感情关系里，一开始是美好的，不久后就发现对方极度需要陪伴与照顾，只要他感觉被忽略、不尊重、不支持，就会崩溃，如果我无法妥善地安慰他，我就会变成被指责的对象，一连串效应，引发滔天巨浪。交往前他告诉我他有躁郁症，我因为自己也曾患忧郁症多年，还以为自己可以同情理解，能够了解，但真正恋爱后，每次争吵都令我精疲力竭，许多与我无关的，职场、交友、家人、工作选择、甚至包括路边停车被人恶意推倒，这类的小事，每一件都成为我的责任。我不想扛，不愿意扛起这些我无法扛起的责任，然而他会自残，会精神崩溃，而且可能会“自杀”。大约有两年多的时间，生活是恍惚的，时光里充满地雷，你不知道哪一步会误触引爆，生活里时时都是碎片，等待收拾。

这是爱吗？我不知道。起初是爱，后来已经变成恐惧与担忧了。我想分手，因为我连自己都照顾不好，遑论照顾他人，我想分手，因我不愿将时光浪费在“妄想的敌人”“妄想的恶意”之上，我想分手，因我深知建立在同情与恐惧之上的爱情，后来只会互相伤害。

我虽不理解躁郁症，但我自己长期且定期地看精神科，深知这需要专业治疗，并且也得靠自己不懈的努力，但无论如何，我不是医生，那时的我，也还没能力做到不离不弃。

“如果分手我就去死”“失去你我会死的”“除了你我没有别人”“你就是因为我生病所以不爱我”……那两年之间，他的哭声叫声控诉声与他可爱的模样交织，我时常噩梦，停断许久的安眠药也恢复了，还罹患了因为免疫力下降而产生的“眩晕症”。

很久以后，我才知道那叫作“感情勒索”，尤其是以“自杀”为主的威胁，一旦陷入，非常难以挣脱。

在那些无眠的夜晚，有时我也想死，并非我不愿意活，而是我不愿意被勒索而活，我不要一段充满勒索的爱情，但我怕他死，我怕自己会一辈子自责。最后是因为我被打了，所以我找到完全可以“不再管你的死活”的理由，毅然请他搬走，且我自己也消失了一阵子。那时我知道，我已经尽力了，我没办法了，如果发生不测，我也愿意带着这份遗憾活下去，我很确定，那不是我的责任。

至今我们都活着。我不知道他好不好，但我没有后悔做出那个决定。至少我拯救了我自己。

当你恋爱的对象有精神疾病，请一定要想办法带他／她去看医生或寻求其他专业人士的帮助，联系他/她的家人、亲人、朋友，一定要寻求“你”之外的支持，这不是一个人有能力处理好的。当你发现自己已经开始迷失、茫然、压力缠身、噩梦连连，当相处已经变成噩梦，你的精神、力量、甚至经济都已到危险边缘，你必须寻求帮助。你得设法止损。

我不知道，如果真的无法爱下去了，当你走开后，对方若真的想不开，该怎么去看待，如何承担。

但我知道，真正的爱不是勒索，每个人都应该为自己的生命、生活负起责任，当你认真爱过，当你已经尽了全力，当你知道无论你如何包容、忍耐、陪伴都不能使他/她好转，反而变成他/她一再重复的模式。你可以选择离开。

谁都不该用自杀、自残来要求爱情继续。被自杀威胁的人，也要学习有勇气去分辨，并且面对做出决定后该承受的，以及不该承受的。

爱情是自主、自愿、且是在为了让彼此都变得更好的前提之下，两人自愿的交往。

而感情勒索是多么“不是爱情”啊！

怀疑

过往的感情遭遇里，曾经遇到过自己出轨或对方出轨的情况，我自己出轨时，几乎都在第一时间承认，或立刻被发现，而对方出轨时我则几乎都是过了很久才被告知或意外得知，所以很早就认清了自己是那种“很好骗”又“很不擅长说谎”的人，最好还是采取“诚实为上策”的生存法则。

但曾经被骗是否对我造成“无法信任别人”的阴影呢？我想，对我造成的影响更是在于我会不断思考“谎言究竟为什么使我们受伤”，以及“人为什么要说谎”，但实际上我却极力避免自己处在容易“怀疑”或焦虑于“被欺骗”的情绪里，甚至我会觉得，即使是最后一个知道的，也没有关系。倒不是自欺欺人，我总认为即使在被欺骗的那段时间里，也不能说还在继续的关系就是假的，还感受到的爱就不是真的，使我感到为难的是，对方必须欺骗我的那种心境，其中令人扭曲的部分，或许也造成了他自己的伤害，可以的话我希望这种伤害可以避免。但这也不是我可以选择的，我能选择的还是相信我自己的判断，尽可能不落入怀疑，也不做出要检查对方什么什么的行为，这是我喜欢的爱情方式。因为感情的世界里，是非并不是那么简单的黑白二分。

但我可以理解当你爱上的人“就是让人无法信任”那种不安的感受，一直处于“唯恐他会劈腿”，“就是隐隐地感觉最后会被伤害”的痛苦里。当爱情里被“怀疑”渗透，简直就像中邪、或慢性中毒似的，怎么都甩脱不了，最惨的是，最后恐怕还会预言成真，于是有些人会寻求朋友的意见，甚至找上通灵人士，卜卦、算命，用星座、八字、紫薇、塔罗，一次一次演算着“他究竟会不会伤害我”“我们的感情会有结果吗？”或者在生活里每天每天不断像侦察人员似的，检查发票、偷看信息、甚至逐一清查可能的危险。

如果询问我的意见，我会说：“不要做那些事”，但因为我老是被骗，所以我的意见可能大家会觉得没有用；可是回到根本来说，从一开始做那些事，无论是卜卦算命，或是搜证侦察，已经开始预演了“将来可能会出事”的戏码，甚至会一面倒地趋向于那个结果。如果你想要的是两个人继续好好地相处，应该把时间跟力气放在“认识”与“相处”上。当怀疑出现时，回过头来，可能必须询问自己的是，“你到底想要什么？”你想要的是灵通人士给你一个保证，这段爱情谈下去不会白费，或者某种神秘演算早早让你死了心放弃，才不会浪费青春与光阴、才有机会极早遇到“真正对的人”吗？但这些答案，我认为自己心里是最清楚的，未来无法预知，可以预知的都是因为现在的作为导致的结果，如果光凭两人的相处，凭你对对方的认识与理解，无法确定他是否可靠，是不是可以好好交往的对象，那么若不是这段感情出了问题，就是自己的内心出了差错，灵通算命所给予的，可能更多都是透过你的不安反映出来的结果。至于搜证侦察，可以给予什么保证呢？“可是我不想被骗！”你可能会这么说，于是，害怕被骗比认真去爱的力量大多了，那么如果查出对方确实有诈，就会比较开心吗？“至少会比最后一个知道来得好”你可能会这么想，但对我来说，那些花费在侦察上的时间与心力，以及你因为怀疑所变成的样子，极有可能使你得到比被骗更难过的结果。

信任不是对方说什么都信，也不是自欺欺人，更不是一股脑将自己的前途、未来，以及人生的幸与不幸都抛给对方承担，仿佛自己是最无辜的人，“都是因为我信任了你”。信任是一种能力，这种能力必须自己承担结果，这种能力是相信两人在相爱相处的过程里，没有过度美化，并未视感情为最后救赎，只是就两人真实相处的情况，就你对他所感知、理解的程度，相信人的善意，以及自己的善意，愿意尊重对方的言行。倘若一开始就觉得对方不可信，那么，也可以在一开始就决定放弃，这不需要收集证据，只是选择而已。当然，可能天性多疑，在信与不信间，需要一些过程，这就要看你想要的是什么样的爱情，以及透过你选择的对象，你正在谈的恋爱，深切地认识到自己的缺乏、追寻，与内在真正渴求的是什么，安全感不是别人可以给的，但老是往火坑里跳，要问的问题不是为什么你爱上的都是人渣，而是自己内心是否渴望着什么火坑里才有的事物。只有你自己，才有能力帮助你不再选择火坑。

最终，我们只能帮助自己成为勇敢的人，并且有能力去选择同样有勇气的人（同时也有能力放弃无法做出承诺、无能处理问题的软弱之人），无论是敢于去爱，或者敢于承认不爱，敢于面对失落，也敢于承担挫折，这些都是神灵无法给予的力量。但一次的挫折绝对不足以让你失去对所有人的信心，人生无常，爱情无常，被欺骗的痛苦，也比不上自欺与失去希望的悔恨，漫长的人生里，谈几次恋爱，快乐有之，痛苦有之，要一并承担。谁都无法应允你那个你渴望的永恒天堂，但你总是可以从过往的经验里，至少成长那么一点点，知道付出的没有白费，不能以结果反论爱情。我们透过爱上什么人，选择什么人，与谁相亲，与谁相爱；透过认识、了解一个人，但愿可以使我们学会什么，那可能不是找到一个绝不会背叛的人，而是有助于自己的成熟、完整，以及有能力去爱，不被怀疑伤害。

嫉妒

嫉妒是毒药，慢慢渗透、啃噬我们的灵魂、情感、关系而不自知，犯傻的时候，还以为嫉妒是因为爱。

但嫉妒又似乎是与生俱来的本能，仿佛只要陷入爱情里，嫉妒便随之而来，恋人们以为“那一定是你没有给我安全感”“因为你跟谁谁谁总是那么暧昧”，嫉妒只要开始萌芽，从此便无孔不入：嫉妒他与前任的联系，嫉妒他与前任的“曾经”，嫉妒他对朋友比对你还好（标准随情绪而定），甚至嫉妒他对工作的投入比对你还多，嫉妒他去骑单车、跟朋友唱歌、死党见面总说是单身聚会……

恋人们没发现的是，嫉妒看似因爱而生，却也是毁灭爱情的杀手。一开始的小吃醋会带来甜蜜感觉，小吃醋变成嫉妒，嫉妒变成猜疑，猜疑变成吵闹、追查，无论是否早就感情生变，走到这一步，再轻轻一推，关系轰然倒塌。

“可是他跟别人亲近点我就受不了”你说，“情人的眼里容不下一粒沙。”“我甚至只要想到他曾经跟谁谁谁那么好，比我们俩还要好，我心里就难受。”

可是，这世界并非为我们量身打造，发生一段爱情，也不是为了来让我们日日顺心。嫉妒是提醒，或说应该将这份仿佛地雷的嫉妒，作为自己内心一个如警钟般的存在。当钟声响起，不要持续去敲击、震动，使之越演越烈，而是回到这个嫉妒中思考，想想自己的嫉妒除了“谁叫他怎样怎样让我难过”还有没有其他原因。这份嫉妒不必否认、隐藏、合理化，它需要的只是另一种诠释，使之从毒药变成检视关系与自身的试剂。

去感受、分析、了解，从而转化那份嫉妒，并且在下一次嫉妒来袭时，试着有一点点进步，不责怪，也不怨怼，不想着要别人来帮我们处理掉嫉妒的源头（不要乱看妹，不许提到前女友，不要欺骗我），你只需静静想着，“现在该怎么办？”……这是你与嫉妒的对决，别人帮不上忙，不让嫉妒控制，不被嫉妒干扰，才能清楚看待彼此的关系，看到其中的问题，以及可能的改变。

就像驾驭心中的怪兽般，努力去认识、理解、驯服嫉妒，会让你在爱情之中，得到可贵的成长。

不期待

昨晚和拉子好友们去唱歌，一口气唱了五小时（大家都好能唱），出来后大家还去吃乌龙面，聊到欲罢不能，站在分别的路口，还是一直说话，依依不舍地各自去乘车，开心而感动。

昨天贴了旧文谈“放手”，有读者传来担心的简讯，“担心你跟阿早会分手”，我笑说：“不要担心啊，我们很好”，当然分手这种事，担心也没用。

睡前阿早说：“太太，我们感情蛮好的耶。”“对啊，都没想到感情还可以这么好！”想起刚同居时确实经历过好长时间的磨合，也曾闹得几乎都要分手了，最初时候，我真觉得我们说不定是全世界最不合适的一对了，该怎么继续走下去，一点头绪也没有，可是分明很相爱啊，却怎么都处不来，那种感觉让人绝望。

“因为我们有磨合了啊”我说，“找到相处的方法了”。

“可是我们也没有改变很多啊”他说。

“还是有改变，只是那是自然、自愿的改变，只要改变一点点，就会顺利很多。”我说。

真说不上来那是怎样的改变，我想，就像是开窍一样地，退后一步，不再执着于“你如何如何”，“我怎样怎样”“怎样的相处才算是合适”，遇到冲突点时，是想着怎样对彼此最好，怎样做才可以让对方不感到束缚，努力去理解对方，而且最重要的是，要改善各自的处境。无论是身心状态，或是生活状态，一直处在不好的状态里，对关系有害。但有时一方正处在低落、茫然或者压力巨大的时刻，想要自己主动好起来，有些困难，这时另一方可能就得坚强些，多负担一些，朝着协助他改善状态的方向走，而不是一直纠结于“为什么不对我好？”“为什么冷落我？”爱是需要心力的，但爱人也有力有未逮的时刻，这时放松对爱的要求，像伙伴一般，彼此协力去把问题解决，让状况有所改善，就会发现对方不是不爱你，或不愿意付出，只是被其他状况压住了，爱出不来。

但这些协助，也只是暂时的，有很多事物，即使连爱人也无法帮助你，比如安全感、成就感、人生价值，或人生方向这类只有自己才有能力去决定的事物。在我们来说，可以帮上对方的，也只是协助彼此有多点时间跟余裕，把生命里驳杂的其他麻烦逐一厘清。这样的时刻，不会再赋予对方更多“期待”。

不去期待感情多么好，不期待验证长久的关系里是否浓情变淡，是否变得家常了，不期待对方变成怎样的人。我想，就是因为放掉了这些期待，我们真的很像最好的朋友与搭档，不去计较生活里那些细微末节，有很多时间我们都是各自做着自己喜爱的事，可能有时也会因为忙碌而显得好像“各过各的”，但我们总是会回到相处的时间里，因为彼此都充了电，都做了自己喜爱的、盼望的事，回到两人时光，就像远行回来似的，可以说说旅途上的见闻。

但真正的亲密还是存在的，因为不去计量，没有特定的想象，就变得像是空气一样，融化在呼吸里，在日复一日的相处，有时感觉不到，却又无所不在。

我们从亲密的两人世界，慢慢扩大了生活圈（有共同与各自的好友真的很重要啊），也让彼此都好好发挥或投入自己喜爱的事物里，我想这些都像是能量注入我们的关系里，不但可以润滑，更能够丰富我们的爱情。

第七年，不痒，还有很多人生的问题等待解决，爱情显得寻常却又能日日更新，是一种温柔、自在，而心里感受得到重量，却一点也不压迫人的关系，我们从最不合适的恋人，变成彼此最强而有力的支柱，我想，这是爱情最美的地方，它一点也不是你开始以为的样子，因为得到充分的舒展，却展开了不可思议的变化。

阴影

你说你目前恋爱的对象有过一段长达十年的恋情，分手后他和前任仍是工作伙伴、生活上的朋友，他们依然挂记对方，他们拥有的回忆甚至发展出“默契密语”，突然在对话里出现你根本听不懂，你们才开始一年多的恋情总像是活在庞大的阴影里。

“我永远也无法追上他们，他们已经有十年的基础了。”

“或许他最爱的人根本不是我。我们到达不了那样的深度。要怎么去跟一段充满了遗憾的恋情相比？”你悲伤地说。

前任的效应，有时质问我们的，是对爱情根本的信仰。

怎样才是爱情？他（或我）还有能力那样刻骨铭心地再爱一次吗？会不会最好的爱已经在别人身上发生过了？是不是快乐的现在比不上痛苦的过往？（痛苦总是比较深刻？失去的比较珍贵？）

为什么前任总是我们的阴影？

六年前与阿早重逢之初，我也刚从一段近三年的恋情里退出，我与阿早爱得火热，却经历了很长时间的“前任效应”，我们与各自的前任都有着剪不断理还乱的“问题”，几乎花了两年时间才处理得宜。

我们恋爱的最初期，生活里随时有炸弹，在我这边，虽然已与前任分手，却还残存许多伤害未清，两人心里都还因着埋怨、苦楚、不舍、愤怒、悲伤等情绪反复纠缠，只要电话联络，三句话就会引发争执。起初，我总是想着“不在一起也可以做朋友”“我还会是你的亲人”，希望可以“变换形式”地关心着彼此，然而那些以善意出发的念头，却被尚未处理完毕的伤害扭曲，变成伤害的延续，我以为自己已经“谅解”，却是只要一听他有所抱怨就会大动肝火（外遇的是你为什么总是怪我？），生气过后又是内疚不已（但他好像比我更痛苦），感情的是非对错已经难以辨别（究竟是我的冷漠导致他另寻安慰，或者是无论我怎么做，爱情来了我也阻挡不了？）但内心深处的不满与痛苦无法因为“理性”里好聚好散的愿望而消除，终于有一天我不再接听他的电话，不再回信或信息，就单边把关系彻底切断。

事后我才能冷静地想，在那断续来往的时光里，我还有所依赖，因为与阿早尚未同居，对他信赖不够，某些时刻的我，还活在过去三年与前任的生活习惯里，习惯总是令人安心，心里缺乏安全感的时候，即使是坏习惯也想抓住不放。

平心而论，无论谁错谁对，外遇是关系的病征，我们却只看见它的罪状。即使我与前任并未对彼此有恨意，然而在过程里彼此带来的伤害，却非一夕可以消除，我在那段时间里深刻感受到自己过往二十年的恋爱经验，并没有教会我“安全感”该从自己心里生出，而“依赖”是关系的最大杀手，因为害怕寂寞，恐惧孤独，我总是在一段关系尚未完全处理完毕的时候，又开始了新的关系。

很多人都这样不是吗？要结束一段难以结束的关系，用外遇；要忘掉一个想要的人，靠新的恋爱。前任的诞生，不是背叛、就是被背叛，不是伤害，就是被伤害，不是自愿，就是被迫。所以才会阴魂不散，才会效应回荡，因为我们无法仅靠着“改变关系”就让情绪、感情、自尊、自信复原。

但，那总是自己的事，即使一开始像是两个人可以凭借着爱情化身的友谊互相担待，然而，那需要时间、空间，需要更多因为时空拉长拉远而造成的“冷却”，让自己有机会独自去想，去消化，甚至遗忘。

起初我觉得自己很残忍，但很快地，我才发现不联络意味着放松，我终于不再紧绷着神经，曾经发生的伤害也不再使我做噩梦，我不再介意过去，而能够看到现在，我逐渐有能力开始“真实”地跟阿早相处，我知道有些事情还没过去，有些旧伤还未痊愈，但对于能力无法负担的事，必须及时止损，看似我无情，长远来看，却是对我与前任都好，我们不再鬼打墙似地相互攻击、抱怨、发怒、懊悔，我们彼此的“现任”也得以脱离前任的阴影，进入正式的关系。

放手，扮演黑脸，做那个无情的人，未必是因为不爱，或者恨。以善意开始的行为某些时刻必须做出看似无情的举动，只因为这样可以停止继续伤害。

至今，我与前任尚未恢复联系，但我深知“这样也好”，倘若那其中包含着祝福、谅解，或者原宥，也得经过时间验证，不急于一时一刻。我庆幸自己当初划下那一刀，看似一刀两断，却是因此彼此才找到生路。

而在阿早那边，我也扮演过嫉妒、担忧他“前女友”的那个焦虑的现任。

第一年相处我们还很生疏，多年的分离使两人都有剧烈的改变，浓烈的爱无法立即带来熟悉感，我也惶惑于“现实生活里我们真的相爱吗？”“我们能够相处吗？”他与前女友看起来志同道合，而我却是对料理、烘焙全无概念，生活潦草、用度寒酸，称不上有任何品味的人，我习惯于这样的生活，但在阿早身边，我自惭形秽，确实啊，爱情会使你看见自己的缺点、弱点，会使你陷入一种“我够好吗？”“他爱上的是真正的我吗？”“会不会搓破幻象之后爱情就消失了？”等等的不安。

这些不安都是自己的事。自己的心态只有靠自己理解、认清、分辨、调整，我想最可怕的心结，首先就是“比较”，不要去比较他对前女友如何如何，他们以前如何如何，甚至不要用他曾为她多么痛苦来衡量他是否更爱她，“比较”会摧毁现在的关系，“比较”时常是因为不安而起的，想透过比较来使自己安心，或者使对方“关注”我，然而，这些比较不但唤起往事、也唤起了伤害。这些比较于现在无补，对你们的关系没好处，甚至反而带来彼此的猜疑。作为现任的双方，都不要落入“比较”的陷阱。

过去已经过去了。我们甚至也都不是“当时”的我们，发生在每一对情侣或伴侣身上的故事，不可能原封不动搬移到另外不同的两个人身上，今非昔比并不是现在比较不好的意思。我们都是通过过往的经验来到现在，要取消那些经验何其残忍，更何况要人忘记的是过往的美好。

现在正牵着他的手的，不是我吗？这才是最重要的现状。过去如何，他心中到底怎么想？还爱着对方？还惦记过往？那些变成亲情或友谊的爱情到底是怎么回事？为什么我与前任分手都是一刀两断、不再联系，你却可以细水长流、仿若知己？那我也可以吗？

我想，每个人有他的处境，他理解事物、对待过去的方式，我们能要求的，也只有自己不迷乱，自己能够找到一种让前任效应降低伤害的方式，而我们的对象要怎么做，真的只有他可以决定。

倘若前任还虎视眈眈，还纠缠不清，还余情未了，甚至一再表达复合心愿呢？过去的经验告诉我，那都不是前任可以决定的，真正的关键，还是在两人的相处，决定权在“现任”的我们，我们是怎样地相爱？是否相知？是否逐渐跳开恶习的循环，进入一种更好的关系，我们如何从过往经验学习，让那些记忆不再只是扰人的打搅，让那曾经爱过的人，可以是生命里真实的“年轮”，不是必须斩除的“噩梦”。

十年的关系怎么比拟？不用比拟，只要日日继续，累积着属于你们的记忆就好。前任是年轮的一部分，无论他们多么不舍，还有多少现实的纠葛，那已经是生长过了的记号，即使有一天他们决定复合，那也算是一个“新的对象”，爱情总是无常，新对象、旧对象，会离开想离开的，就让他走。

我们只能守护着属于我们的现在，让已经充满变数的未来，减少一些不必要的干扰，比如自尊心作祟、不安感发作，比如不再反复地要他承认、宣布，或扭曲过去的记忆，不要他否认他爱过她，也不要否认他曾经被爱过，那不是很伤心吗？站在爱的角度，过去未来，我们都不希望自己爱的人受伤，心疼他的遭遇，但不是要火上加油、落井下石。过去的价值，让他自己决定。

停止前任效应的方式，是认知自己的重要，肯定现在的意义，不然，何不求去呢？如果是一段值得珍惜的关系，无论有多少沉疴旧疾，同心协力，还是有机会走出两人的未来，慢慢的积累，时间会为你们带来熟悉、亲密，因着日常的互动，你们会真的变成亲密的伴侣，经历过许多伤害与痛苦的人更懂得平凡的得来不易。

快乐的现在是比痛苦的过去重要的，只是处在现在的人们并不理解，因为爱的前提，我宁可好好去爱，也不愿使他痛苦而对我难以忘怀。

关于前任效应，我还可以再写三千字，然而，真正可以克服前任效应的，只有“美好充实的现在”，当你介意前任的时刻，不妨想着，那些过往是要提醒我们：慎重选择，珍惜此刻，怜取眼前人。

习惯

阿早总是酷酷的，平时话也不多，随着相处时日的累积，透过一些生活细节，我逐渐理解他更多。比如一起看网球转播时，他会把手伸向我说：“这里好酸。”或者躺在地板上请我帮他“踩一踩小腿”，就是我们的“民俗疗法时间”，大概也是除了简单家务之外我所能为他做得最“贴心”的事吧。在这样的时间里，电视上紧张的网球比赛进行着，我帮他揉捏着酸痛的手腕，他倒在沙发上不知不觉就睡着了，球赛结束时，他还靠着我的腿熟睡，我才发现按摩完我们一直交握着手，他曾说过只有跟我在一起的时候最放松。

时间为恋人带来的，绝对不会只有熟悉之后的“习惯”“依恋”甚至变成“习以为常”与“日渐衰败”，深入这些生活细节之中，这些日复一日再熟悉不过，可能的重复之中，有些很细微的转动，逐渐改变着我们，因为这些每天日常发生的，虽然重复，却并不陈旧，倘若我们总是牢记着这些牵手、拥抱、凝望、陪伴，不但是相处，更是构筑共同生活重要的细节。每一次的微调都代表着更深入对方的生命。

要在生活里努力将爱实践。

温柔相待。

降 落

part 4 landing

絮语

所谓的承诺是对自己的，而不是要求对方。此时紧紧握住的手就是真实，爱情关系里最重要的一点，是建立在彼此自愿、主动的基础上，被握紧的手或许也有被放开的时候，诺言也有无法兑现的一天。我总相信，爱最重要的意义不是天长地久，不是一生一世在一起，而是无论在一起多久，相爱相处的每一天，都让自己与对方自由，帮助彼此独立，并且在这份独立、自由、自主的基础上，尽可能地理解、支持、尊重彼此。不是盲目付出，更不是为了害怕失去而给予，只是自然地互动，自然地关怀，不透支自己，也不纵溺对方。让两人都在这份爱里成长。

无论结果如何，没有怨悔。

*

或许要经过漫长时光，你才能真正体会到，过往那些分离、悲伤、背叛、痛苦，看似伤害，却可以让你认识自己，使自己成长，并且有机会遭遇更成熟、更美的相遇。

*

世界那么大，我们那么渺小，

但两个渺小的人，因为相爱，可以产生巨大的力量。

*

有时相敬如宾

有时相亲相爱

一直相知相惜

*

谢谢你这样爱我谢谢你爱着这样的我。

*

我谈过许多坎坷的恋爱，即使用尽力气也无法顺遂的爱情，有时是爱得太晚，有时爱得太早，有时距离太近，有时距离太远，天时地利人和都不站在你这边，但更多时候是因为我还不懂得如何好好去维持一份爱情。

有时我会突然想起我与阿早之间是一份异常简单的爱情，或许因为我们都已历尽沧桑，但求简单平静，在这样的时刻，这样的年岁，我终于不再是“跟谁都无法好好相处”的人了。这念头使我激动想哭。

那是很奇异的感觉，你似乎不是从前的你，又好像终于接近了你自己。

*

我们都不知道“这个人”是不是就是“那个人”，我们也无法确定“这次到底是不是真爱”，可以把握的，也只有自己清醒而坚定的心，不是盲目地努力，也不是一味地纠缠，或一厢情愿地认定，而是坚定地让自己走向“无论如何都以爱为出发点”“爱是自由”“爱是祝福”，爱是两人努力的学习，是一点一滴的练习，但倘若对方要离开，也带着祝福的心念使他自由。

那么无论如何，不管发生什么，都保护了自己那份想要爱的心愿，经历了一次爱的学习，这些都不会白费，相信爱也拥有爱的能力的人，不害怕没有可爱的对象。

*

你总以为时间会冲淡些什么，以为日常会磨损了爱情，你曾以为要如何怎样才叫刻骨铭心，漫长时间过去，后来你才看到一种淡薄如夜云的爱，那根已经种下很深很深、却又薄得如同浮在水面上一样。

他只是轻轻说一声："你回来了啊！"你回说："对啊！"

仿佛那就是永恒的回答。

*

坚持不是约束，承诺并非捆绑，曾经相爱不表示必须永远爱你。一段爱情能够继续下去，是两人自愿、主动地想要继续相处、相爱，于是，那些用哭闹、威胁、勒索、哀求，勉强维持下去的爱情，很早就只剩下一个人置身其中，剩下的只是责任、道义、或者无奈。这不是你要的。你想要爱人，想要被爱，想要两个人真心真意地相处，做一对真正的恋人。但人家不要了，他要离开了。

道理你都知道，"可是我放不下"。

我想告诉你，这不只是放不放手的问题，这是你想要怎样的人生，能否悍然坚强起来，从弱者、依赖者、被遗弃者的身份转换成真正坚强的自己，重要的关键。

能够开始一段爱情，也要有能力妥善去结束。

走出鬼打墙的恶性循环，跳出那个泥淖，继续你自己的旅途，有能力爱人的人，就有机会去爱。

*

为什么明明很独立，一谈起恋爱就会变得依赖？为什么明明很大方，面对爱人，眼中却容不下一颗沙，总是不懂爱情的力量为何一开始让你觉得自己好美、好有魅力、世界非常美好，但不多久后，陷入爱中却又让自己变得糟糕、多疑、猜忌、小心眼，动不动就发脾气。

更奇怪的就是两个人一开始的热情、快乐、甜蜜，随着时间经过开始渗入杂质，争吵、计较、不合，什么奇怪的事都发生了。

但是你还爱着他，他也还爱着你。

你慢慢意识到爱情不只是一面镜子，可以映照出自己无法看见的部分，爱情更是一条隧道，两人一同进入其中，会同时领略到生命中的黑暗处，而且常有无法一同走出来的危险。经历几番波折，历经大喜大悲、小伤小痛，如果你们还在一起，并且依然相爱，你会发觉爱情开始变得像一条河流，而你们在一艘小小的船上共渡，开始有了患难与共的感觉。你回想起那些自己的变貌，原来爱情并非原地不动、始终如一的，爱情改变着你，你也因此改变着这份爱，而你的恋人也是一样地，经历着这些变化。

爱情使我们认识的，是一个会因为与另一个人亲近、密切、深刻互动，还会成长、有可能毁灭、并且也有机会再生的自己。永远不要用一时的感受来定义所有，不要因为短时间的遭遇放弃希望，都还有可能、有机会、有变化，而这些那些，谈一段如何的爱情，都是你可以创造、决定、选择的。

*

还是那么不安啊你，有的是不安分，有的是不安心，有些人则是因为不安心索性不安分，有些人是因为不安分导致不安心，要把一颗心按住，已经很困难，要让两颗缠绕着的心感到安全、安定，更是难上加难。

但是怀疑没有用。担心没有用。吵闹没有用。这些反而会搅动那无法安住的感觉，反让彼此心生嫌隙，做出自己懊悔、对方失望的事。

“可是她的过去如何如何”“但是他现在跟谁怎样怎样”“我有朋友在一起十年还不是劈腿分手了”

但那不是不安的理由。

接受爱情的无常变化，所以珍惜还能在一起时的亲密，坦诚，尽可能地努力沟通，卸下防卫地去亲近对方，设法理解彼此。这些都不是保证爱情永远顺利的方式，这些只是让我们学习去爱，并且真正能够爱到彼此的方法。但对方如果并不是已经准备好要经营这样的爱情，吵闹也是没用的，爱情是两个人主动、自愿、并且自由的结合，所以有些感觉不是不安，而是了解爱情必须要两人同行，当彼此走上不同的道路，也只能分道扬镳。

然而还能在一起时，不要让心里的“不安”把步伐弄乱了，不要因为对未来不安而失去了现在。

当不安飘动，你只是凝视它、静看它，看它透露的信息，看它映照出你的模样，看它如何提醒着你，你的爱情处在什么状态，你是以如何的心情在这份爱里。你能够如何去正视、并且使它变得有益。

然后试着让不安成为“改变”而不是“破坏”的力量。

*

一直以为自己是个我行我素的人，直到恋爱，才发现自己在爱里是多么容易屈服，甚至，还为这样的可以使自己屈服的人感到心醉。以为爱里就应当有一种感觉叫作“忘我”。

爱情变成一种恶性循环。我找到一个人，屈服在爱里，最后又因为这份屈服带来的痛苦而逃离。

可能要经过很多次的撞墙、心碎、后悔，才知道爱情里那种忘我的现象，只是暂时，是一种情调，应该是暂时的，而且必须有所节制。可以使你屈服的人，不能因此控制你，而自己更应当清楚，渴望强者作为情人，只是一种依赖的心态，建立一份健康的关系，必须是要对等的。无论一开始强弱如何、个性如何，谁占有优势，进入关系后，还是要练习不让这些强弱优劣变成关系里的主宰，甚至要有意识地对抗习性，要帮助彼此强大起来，要练习彼此正确表达意见，要让对方有空间发挥自己，也要收起习惯性控制、主导、甚至不由自主想改变对方的念头（反之亦然）。

屈服在爱里，但不屈服在软弱，不屈服在暴力、勒索、控制，以及似是而非的“如果不怎样怎样就是不爱我”,不屈服在所有“以爱之名”行使的伤害。爱使我们屈服的，只是感知到那份力量的强大，使我们更愿意勇敢，坚持，更深刻凝望自己，有能力看清楚对方，我们先是为爱屈服，继而从爱的过程中，学会了不屈服。

聆听

最初爱上那个人，你并不知道她在生活里是什么样子，你不知道她生气起来会说出什么话，你不知道面对危机时，她会如何选择，你什么都不知道，但爱情还是来了。

有些爱情会在慢慢地“看到”“知道”后逐渐淡去,甚至有“突然梦醒”的感觉，而有些爱情则在“日复一日的熟悉”之后，长出了它“不浪漫的一面”，这不浪漫的一面反而使恋人都放松了，可以更自然地在对方面前呈现自己，可以安心地说说心里话，可以感受到“亲密”，除了在肉体上、精神上、生活里非常具体的紧密相连。

但有些爱情，一开始走岔了路，就怎么都找不回原路了，如何沟通都无效，怎么努力好像也找不到方式，你大声喊他，他越走越远,你小声说话,他充耳不闻。你们为了不足挂齿的小事争吵，你不禁以为他是不是故意要跟你闹翻，除了感情上的变异，更可能是因为关系里的问题没有立即解决，而是一拖再拖，积重难返。

浪漫地谈恋爱之后，恋人们就要建立属于你们的“相谈时间”，除了抱怨、争吵，还要有聆听彼此的时光。无论多忙多累，要建立共识，找出一段安静不受打扰的独处时间，在这个时间里学习与对方亲密，学着在即使意见不合、观念相左时，还能不伤害感情，学习在争吵变严重之前喊停，学习一些适合你们两人（而不是总是配合某一人）的协调方式，这些都在爱情的进程里，一点也没办法偷懒，在恋爱之后放心地偷懒，最后就是连爱情变质了都没察觉。

不需要去追踪、检查、怀疑，而是放下成见、评价、甚至主导权与自以为是，花费心力、时间，尽可能地理解对方，也透过要让对方理解你的过程，再一次深刻地反省、认识并理解自己。

爱情稍纵即逝，除了珍惜，还需郑重，一个人与另一个人的相遇，与即将开始的生活，是最奇妙的旅程。

勉强

关系里开始产生“勉强”时，都是一种警讯；无论是勉强对方，被他人勉强或勉强自己。某些时刻，我们会无法分辨“勉强”与“努力”“用心”的差别，有时，我们自己可以分辨，但对方因为感情的因素把“控制”与“要求”“勉强”“应该”混淆在一起，长时间下来，关系成为恶性循环，爱情变成一种“权力游戏”，悲哀的是，这样下去，谁都不会是赢家，输掉的是爱情。

如何察觉自己是否“被勉强”或者正在“勉强他人”？每个人都是自由独立的个体，不能因为产生恋爱关系，就成为另一个人的附属品。当情人开始对你提出不合理的要求，当你发现自己必须很吃力才能做到他想要、他期望的事，当那些本来出于自然的付出变成一种包袱，当“难道你不爱我？”变成对方想要你为他做什么什么的理由时；还有最简单的，“我不快乐”，你发现自己在这段关系里逐渐感到疲惫、迷失、混乱、透支，我想，你已经勉强自己很久而不自知了。

而勉强他人自己也会不快乐，因为你永远会感到对方“不够好”“不努力”“不尽心”“不爱你”，因为那是你的标准，你的人生观，不是他的，他即使真的做到了，也会因为失去了自己的本色而使你感到陌生。

要提醒自己，也要互相提醒，我们是否自由地爱着，我们是否努力让自己与对方都能更好地发挥自己、长成自己，我们是否有意识地对抗“控制”“勒索”“要求”“不安”，自觉要一起迈向一段能够让彼此成长，也让彼此都得到成长的关系。先把“勉强”消除吧！

面对

有些等待是暂时的，有些等待是漫长的，然而你会等来什么答案，这谁也无法确定。

曾经，我在爱情走向尽头时，没有选择妥善把关系作个结束，而是被另一段爱情拉走，最后才知道，在你生命里已经产生的问题，无法以投奔另一个人找到答案。

曾经，我等待着情人在新欢与我之间作选择，妄想着那可能只是一段迷恋，他终究会回头。却造成彼此的欺瞒，变成三方无尽的痛苦。

无论是怎样的等待，诚实面对自己是最重要的，面对自己的贪恋、软弱、自私、恐惧，面对自己还不能接受失去，还渴望着回到从前，还惦记着过去的美好，还以为可以力挽狂澜。

面对自己渴望着他放弃那个人选择我，面对自己希望对方可以消失，把生活还给我。

真正静下心来去面对这些时，他给的保证“我一定会处理好”“我真的比较爱你”，突然变得虚无缥缈，这段关系已经从根部腐烂，即使可以继续，也必须重新审视、调整、修复。甚至，我们也都在这充满因恐惧失去而产生的谎言、遮掩、隐瞒中，慢慢地扭曲了自己，即使他选择了我，实际上我自己也没把握可以“回到从前”。

这份“面对”会使你非常痛苦，你会渴望再躲回“期待有一天”“只要他还爱着我”“至少现在还可以在一起”的念头里，然而，这些必须“面对”的感受，依然会真实地逼问着你。

与其问“他会选择我吗？”，与其等待“有一天他……”，与其想象“我知道他比较爱我”，不如认真思考：“我这样真的是爱吗？”“我没有选择吗？”“我想要怎样的关系？如何的未来？”

你永远有选择权，只是未必可以尽如人意，可以选到你想要的，我们只能在诸多选项中，选择我们能负担、并且愿意承担的决定。

然而，当下以为放弃了关系，就等于放弃了等待，放弃了爱；后来我知道，那时刻的放下不是放弃，而是为了让彼此勇敢。不再活在欺瞒中，才有可能迎向“爱的真意”，而不再屈从于情绪、依赖与恐惧。

有些等待是永远也不必说出口的，你等待的不是被选择，被扶正，或者终于得到想要的爱情。而是等着时间沉淀、伤害澄清，等着自己终于能看见自己被搅乱的心，也有清明的时刻。

你守护着的爱，并没有因为分离而消失，或者，已经被时间淘洗，成为了其他种情谊，蜕变成一种记忆。

无论是痛苦或快乐的爱情，顺遂或坎坷的关系，对自己坦诚，至少尽可能地接近自己，都是最重要的核心。

遗忘

没有人是不值得爱的，但任何爱的付出都与回报无关，不以结果去计算。

有些爱情到后来走不下去了，只是选择问题，我们可以自由选择“离开关系”，“分手”，也可以自行感受“那根本不是爱”、“不值得”、“被骗了”、“受到严重伤害”……

没有继续爱下去，无法继续信任，甚至变成反感，到了“过去一切根本是一场噩梦”的程度，都让人伤心。爱错了对象，知道这段爱情无法继续，甚至不该开始，有太多可能，然而我想说，爱过就是爱过了，珍贵的是那段爱过的时光，即使后来知道充满谎言，但倘若那其中还有一份真挚，尽管只是一点点也好，都是那份爱存在过的证明。不用因为曾经那么快乐而羞愧、甚至反过来痛恨，那种快乐即使建立在欺骗上，对你来说也还是真的。

只是，我们不要虚假的关系，即使依然深爱，还是可以选择，于是做出了选择，离开、放弃、结束、走远，但我希望你不要去恨，不要清洗记忆，不要强迫自己遗忘。

遗忘总是会来临的，甚至比你期待的来得还要快，遗忘并不是失忆，而是某天醒来，那份伤心、痛苦、深爱、狂恨都褪色了，淡淡的，仿佛影子一样。但他可能还在你心里某处，只希望不要变成创伤。

人是那样地复杂，爱又怎可能不复杂，可能会爱上说谎者，背叛狂，软弱、自私、轻率抛弃的人，但没有人是不值得爱的，只要你付出的是真挚的爱，不要求回报，不计较得失，而且知道如何去做对彼此最好。即使最终你收回了这份爱，或者这份爱消失了，你爱过，你有能力去爱，并且没有因为这份爱而伤害他人，伤害自己，即使在痛苦的经历里，这份开始得美丽、结束得残忍的爱，也会在许久之后，让你更加了解爱，理解自己。

成长

刚认识阿早的时候，总觉得他有种难以形容的神秘以及忧郁气质，加上又是我很喜欢的模样，所以就放胆去追。

那时他话少，看很多书，很爱听音乐，也写一点东西，他带我认识了约翰·厄文这个后来我非常喜欢的小说家，每次约会他都会带几张 CD 给我听，那段时间我独自写作时，总是反复播放着那些 CD。

没来得及真正认识阿早为何神秘，就分开了。

但他那忧郁得令人心痛的眼神却如何也忘不了，当然无法忘记的还有，我的出现也让那忧郁更增添了一股绝望。

这点始终使我悔恨。

后来的相遇，结婚，我们磨合了好久，因为我始终觉得他神秘忧郁，最开始的同居完全是在我这种“偏见”里，我们根本无法相处，每一天我都觉得他不是我认识的那个人，而我自己也不是我自己。

经过一段鬼打墙的痛苦遭遇，我们搬了五次家（从各自的住处搬到一起住，再各自搬走，一年后又从各自的住处搬到现在这里），最后落定在这里，租来的房子，不知道可以住多久，但我们很喜欢这个家。

后来我渐渐知道他了，他不神秘，只是安静，他曾经忧郁悲伤，但核心里是个温暖热情的人，我知道了他的童年、少年以及遇见我之前的所有看见很多时期不同的阿早的照片：婴儿阿早胖嘟嘟的，很爱笑，绰号叫“阿肥”，小学时晒得黑黑的，完全像个爱运动的小男孩。

最近我们的照片里，有一张捕捉到了阿早年少时的神情（天真而傻气），我很喜欢（可惜拍出了我的双下巴啦！）。我想，阿早已经摆脱了忧郁，找到平衡自己的方式，变得健壮，可以过着他想要的简单自然的生活。他修复了自己。尽管我们正在面临中年开始的各种身体状况。

爱情是会生长变化的，正如我们的生命，充满变数，身体会日渐衰老，爱情却未必，但你得禁得住那些最艰难的考验，并且理解这些考验所带来的，以及所能够给予我们的。过去十多年，我曾让阿早悲伤、痛苦，甚至绝望，我自己也为这份爱情感到悔恨、自责、无望，然而，爱情不是童话，不遵循公式，不会照着你的理想规划走，但也代表有各种可能。

一段相互支持、理解、经历过风霜的爱，却有可能使你重逢你最喜爱的自己，那个你以为已经失去、已经无望、再不可能重见的自己。

不要让爱情毁灭你，不要一起把爱活得像个令人窒息的密室，但愿无论从何处开始的爱，恋人们都能一起走出迷宫，穿越幽暗密林，迎向生命的各种可能。

分离

有一种分手最令人感到矛盾且难以释怀，好像昨天还过着平静而快乐的生活，今天却发现我们只知道对方的一小部分生活，你以为自己拥有的两人世界，其实还有另外一个人。

如果不去介意，生活似乎还可以继续快乐，但是却无法不在意，心中升起的被剥夺感日益严重，你弄不清楚事情的来龙去脉，他说得越多你越痛苦，知与不知都令人伤心。他没有要分手，也没把握改变得了自己，你不知怎么办才好。撇开那件事不谈，他还是那么好的人，博爱而滥情，如果只是朋友，你想着，如果当初只是他的朋友，今日就不会遭到如此的打击了。

但是为什么呢？为什么只是朋友时，你可以接受他的多情，你可以理解他复杂的爱情观、惊人的恋爱经验，一旦你成为他的女朋友，就什么都改变了？

你也不要自己变成这样的人，猜疑，嫉妒，“愤怒”甚至到达“怨恨”，你气恼他把你从单纯带到他复杂的生活，那曾经如何丰富你的，如今也就多么伤害你，你埋怨他明知你专注执着，却半途将你撇下了，你甚至恼怒于世界的不公，为什么花心的人过得轻松，专情的人却要因此受苦？这些那些念头，日夜将你缠绕，你知道你应该离开他，你表面上做的都是离开他的动作，但心里还隐藏着什么，眷恋？依赖？恩爱？不舍？或者只是头脑转不过来，不知该如何跟他做朋友。

你就是走不开。

有一段时间，你专心寻找他的缺点，过去现在未来，把足以伤害你的可能都找出来，罗织成一张长长的“罪状”，但你这么做的时候并不快乐，你心中有一部分依然相信着你们曾经相爱，你没有看走眼，他曾经爱你，你知道你们曾有过美好的日子，你不愿意为了离开他，把他打造成“十恶不赦”的人，但是，该如何看待他？为什么“不忠”是这么令人受伤？为什么“欺骗”足以将过去的美好摧毁？你有好多不懂。

后来的那段时间，你忙着找寻自己，设法与他保持距离，然而，这样又使你孤独，使你陷入孤立的境地，最后反而变得更需要他，你们在已经谈好的分手期限，慢慢地试着分开，你感觉自己一分为二，有一部分已经心死，另一部分却还顽固地爱着，你忙碌于安抚自己，与自己对话，忙碌于对抗每日增生的“最新剧情”，生怕一个不留神，又会粉身碎骨。

“分离”是一个过程，它可能会拉得极长，长到你以为永远也走不出那样的痛苦，长得像是永夜，天光不来，噩梦不走，“分离”考验的是你最核心的信念，你得有个理由离开，除了埋怨、愤怒、痛苦、伤心，你不知道还能怎样离开。你想你真的是很爱他的，爱得像让分离变成一种骨肉剥离的痛楚，为了逃避那种痛，你必须少爱他一点，你担忧自己再也无法相信人，再也无法这么爱着谁了，所以有一部分的你始终徘徊不去，有时你甚至以为，失去这份痛苦，也就失去他了。你回想起与他共同的生活，画面都变得模糊，到底是什么使你留恋？到底是什么令人痛苦难当？到底发生了什么事？

分离是需要学习的，要给自己建立一套支持系统，过去因为两人生活忽略的、毁坏的个人世界要重新寻找回来，你自己的喜好、你的住处，甚至你自己的朋友；好长时间里你几乎只跟他的朋友往来了，你做他喜欢吃的食物，穿他喜欢的衣服，做着与他共有的梦。我们生下来就是在学习剥落依附，迈向独立，然而，爱情总是把我们打回原形，让我们抓取最需要的，忘却了还要继续学习独立。

人是可以不恨一个人，也能离开他的，可以不将他的优点全都忘却，也能够选择离去；人是可以在还爱着的情况下，透过自己的力量，毅然选择独立，但这些都需要能力，需要在无论单身或有伴的时候都谨记着，要拥有自己的专业、自己的喜好，要发展自己独处时也能感到自得的生活模式，与一个人相恋，并不是要把生命的重担都托付给他。自然，当必须离开，或被迫离开时，你不用毁灭自己，更不需毁灭他人，不需要找到替罪羊，不用抓出加害者，爱情本就是自由、自愿的结合，可以不用你死我活来进行选择。

离不开，是自己的问题。

或许，保留最后一点美好的感受，知道彼此仍有善意，只是大家选择了不同的道路，你可能痛心于你别无选择，好像是他或其他人破坏了你平静的生活，然而，生活总是变动的，破坏随时会来，要拥有无论如何都能坚强度过的能力。

选择爱、自由、尊重，选择面对“暂时的痛苦”，重新审视自己比退回舒适圈暂时显得辛苦，但这是必要的学习。可以原谅，但未必要走回头路，当然，如果思虑清楚，两人愿意重新来过，也是一种选择，但不是基于怠惰，也不是因为逃避分离。

在种种会造成更大的损伤与破坏的情况下，你还有所选择，即使必须一无所有，人生从头开始也是一种选项。

爱情无论走到何种结局，你或许会发现，选择了不自毁、不毁人、不自伤也不自弃的那条路，才是你一开始想要的，你知道，这场恋爱会带给你成长，即使可能要大病一场，可能逼近悬崖，最后你会庆幸自己没有选择毁灭那条路，因为即使分离了，你还是保有了自己心中最珍贵的价值。

自爱

你说感觉自己有满满的爱人的能力，可以为爱人付出一切，尽其所有，但却没办法善待自己，好好爱自己。

但在我来说，无法善待自己、好好爱自己，当没有一个对象可以付出爱的时候，自己就感到空洞、茫然甚至失落，这样的爱更像是投射，是一种单向的付出，像是为了躲避对于自己存在的问题而付出的努力。乍看之下或许像是很会爱人，但深究起来，自己是脆弱的，能够付出的比较多还是停留在“照顾”“给予”这些比较表象的事物，像是自己无法发出光芒，必须找到光源，而对方成为你所有生活的动力、目标以及快乐悲伤的泉源，这样的爱情容易出现问题。

当人无法处理自己的问题，就倾向于投入一份爱情，转移掉这种“面对自己”时的恐慌与痛苦,把心力都放在“努力去爱人”，并无法解决“为何我不爱自己”的问题。甚至可能因为如此，当失去所爱、当所爱的人令我们失望，内心的空洞与匮乏会更加倍地袭击，以为“没有要求回报”的付出，会变成“为什么伤害我”“为何背叛我”“我一定不值得被爱”等等的后坐力，又将自己推向“过去一再重复的痛苦”。

投入一份恋爱，并不是为了让我们转移注意力，容易得到成就感；只是用力去爱，努力去给予，并不代表就有能力爱人。真正的爱是从自己内心生长、慢慢扩散出去的，不仅是买东西给对方，嘘寒问暖，制造惊喜，为对方而活；而是你先从自己内在开始修补自己，为了做一个独立、自主、自信的人，也为了支持协助对方的独立、自主、自信，适当地付出与给予。更好状况是，你们彼此都知道各自还有缺失，但却不会因此陷溺、放纵，而是在还有缺失、还不够完整、还没那么健康的情况下，有所节制地，不是为了“安全感”而付出，不是为了只是去付出比较容易而一味地付出，而对方也不会为了贪图宠爱而接受盲目的照顾。

爱侣是在人生艰难的道路上携伴而行，自己得时时警醒，我必得使自己不空虚、不匮乏、才有实在的爱可以付出，真正地爱到对方。并且在不论多长多短、结局如何的爱恋过程里，避免过去一再重复的错误，从这个真实相处、相爱的过程里，感受到爱的存在不只是一些表面的浪漫，不只是看起来像是情人的互动；而更多时候，是你们一起在同时面对着自己过去生命里的困顿、失落、挫折，并且透过一起努力、透过相处相伴，一点一滴地感受到，“爱”到底是怎么回事，可能会出现什么面貌，遭遇什么心境。

这样的一对爱侣，守护着彼此的灵魂，并且也守护着自己的内心，不再只是一方给予，另一方享受，而是真正地互动，彼此协助、提醒，在只有你们自己可创造出来的爱的路途上，见证你们可以走到多远，看到了什么风景。

关于爱的一切得从自己的内心出发。那才是起点。

图书在版编目(CIP)数据

恋爱课. 2, 我们都是千疮百孔的恋人 / 陈雪著.
—桂林：广西师范大学出版社, 2017.1

ISBN 978-7-5495-9428-3

Ⅰ. ①恋… Ⅱ. ①陈… Ⅲ. ①散文集 - 中国 - 当代
Ⅳ. ①I267

中国版本图书馆CIP数据核字(2017)第003634号

广西师范大学出版社出版发行

桂林市中华路 22 号　邮政编码：541001
网址：www.bbtpress.com

出 版 人：张艺兵

责任编辑：吴桑雨　罗丹妮

封面设计：聂永真

内文制作：陈基胜

全国新华书店经销

发行热线：010-64284815

山东鸿君杰文化发展有限公司

山东省淄博市桓台县　邮政编码：256401

开本：880mm × 1230mm　1/32

印张：6.875　字数：110千字　图片：6幅

2017年1月第1版　2017年1月第1次印刷

定价：39.00元